JN122626

東四柳心霊相談所

それ、霊のしわざですよ!?

青谷真未

ポプラ文庫ピュアフル

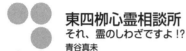

もくじ

第一話

押入れの向こう側

平日の午後、テレビからたまたま流れてきた古い仁俠映画。

半分寝ながら眺めていたその映画に出てきた『銀次《ぎんじ》』という人物は、敵対するヤクザの家に乗り込み、構成員たちの集中砲火を受けて息絶えたらしい。なかなか壮絶な死にざまだったので、その男の名を息子につけた、などと胸を張って言う男をどう思う。

最低だ、と眉を顰《ひそ》めて立ち去れる者は幸いだ。息子である銀次にはそれができない。さんざん罵倒して言葉も尽きて、自分にはこんな男の血が流れているのかと諦めに似た思いを噛み締めることしかできなかった。

自分の名前の由来を親に尋ねるという小学校の課題で、改めて父親に愛想を尽かして早十年。

しかし近頃になって銀次は思う。案外父親は先見の明があったのかもしれないと。

父親が夢うつつに見た仁俠映画の登場人物と同じく、銀次は暴力団の構成員になっていた。と言っても正式な構成員ではなく、下っ端構成員の下回りという扱いだ。

銀次の主な仕事は繁華街の見回りである。酔っ払った客が暴れていると飲み屋から連絡があれば急行し、逆にぼったくられたと泣きつく客があれば店を検《あらた》める。

質《たち》の悪い店にはそれなりに強面《こわもて》の用心棒がいたりするのだが、待ち受けるどんな輩《やから》より銀次は人相が悪い。

角張った輪郭に、への字に口角の下がった口元。瞼は厚く、黙っていても目元が陰る。おまけに身長百八十を超える大柄だ。猪首《いくび》で、シルエットだけ見ればラガーマンのようにも見える。ついでに老け顔で四十代と思われることも多いが、実際は今年でようやく二十二歳だ。

　そんな銀次が寝起きをしているのは、繁華街にあるホストクラブの寮だった。部屋はどこも八畳で、そこに二段ベッドを二つ置き、四人のホストが寝泊まりしている。

　ただでさえ狭苦しい部屋で男四人が寝起きしているのに、そこに規格外の体格をした銀次がくると身動きもできない。そんなわけで銀次は毎日寝袋を抱え、今日はこちらの部屋、明日はあちらの部屋と、寮内で寝場所を変えているのだった。

　まだ日も高い昼下がり、ホスト寮は寝静まっていることが多い。

　色褪せたカーテンで日光を遮られた薄暗い部屋に、複数のいびきが響く。部屋の両端に置かれた二段ベッドの間で、寝袋にくるまり束の間の休息をとっていた銀次は、携帯電話の着信音で目を覚ました。

　音量を最大まで上げているので、枕元に携帯電話を置いていた銀次だけでなく、ベッドの下段で眠っていたホストたちも寝返りを打って頭から布団をかぶる。そんな中、銀次だけががばりと身を起こして携帯電話を耳に押し当てた。

　相手の名前を見るまでもなかった。銀次に電話をかけてくる者など一人しかいない。

「おはようございます、沢田《さわだ》の兄貴！」

　銀次の野太い声が室内に響き、いよいよ上段で眠っていたホストまで顔を起こした。迷惑そうな顔で「銀次さん、電話なら外で」と声をかけてくる。

銀次は顔の前で片手を立てて詫び、寝袋のファスナーを下ろして部屋の外に出た。

Tシャツにスウェットという軽装で廊下に出た銀次は、吹きつける風に小さく身を震わせる。四月も半ばとはいえ、吹く風はまだ冬の名残をまとって冷たいままだ。

『銀次か、今どこにいる』

電話の向こうから聞こえてきたのは、案に違《たが》わず沢田の声だった。沢田は松岡《まつおか》組の構成員で、銀次が兄貴と慕う人物である。

銀次はあくびを噛み殺し「寮です」と端的に答えた。

『寮の近くに尾ノ井商店街があるだろう。すぐそっちに向かえ、今すぐだ、走れ』

銀次は理由も問わない。「はい」と答えたときにはもう走り出している。雨も降っていないのにじめじめと湿ったコンクリートの階段を駆け下り、廊下の隅に転がった空き缶を蹴り上げて寮を飛び出した。ホスト寮は繁華街から少し離れた住宅地に建っていて、平日の午後、周辺の道にはあまり人も車も通っていない。

携帯電話を耳に押し当てたまま、銀次は脇目も振らず商店街を目指した。全力で走れば寮から五分とかからぬ場所だ。走りながら、電話の向こうの沢田に尋ねる。

「で、兄貴、商店街についたら何をすれば?」

『その近くで荒鷹《あらたか》組の連中が暴れてるらしい。女子高生を連れ去ろうとしているそうだ。阻止しろ、絶対だ』

沢田の声はいつになく口早で、切迫した雰囲気が伝わってくる。すでに全力で走っていた銀次は、両足をますます力強く動かして商店街へ向かった。

沢田の所属する松岡組と、今しがた話題に出た荒鷹組は表立った抗争こそしていないものの、治めているシマが隣接しているせいか、昔から一触即発の危うさを秘めた関係であるらしい。ずいぶん昔に互いのシマは不可侵と組長同士が定めたらしいが、最近荒鷹組の構成員が松岡組のシマをうろついていると、以前沢田が苦々し気に言っていた。

（にしても、こんな昼日中の商店街で女子高生を……？）

さすがに警察が動き出しそうな話だ。日陰者のヤクザがよくもそんな目立つ行動に出たものだと呆れながら走っていると、尾ノ井商店街の名を冠したアーチが見えてきた。

銀次がさらに足を速めたそのとき、肩先で髪を切った女子高生が商店街から勢いよく駆け出してきた。一目で女子高生とわかったのは、相手がセーラー服を着ていたからだ。さらにその後ろを、銀次と同じく強面の男たちが追いかけている。それを見た銀次は、携帯電話に向かって叫んだ。

「兄貴！　見つけました！」

『よくやった！　すぐに保護しろ！』

言われなくとも、と銀次はスウェットのポケットに携帯電話を捻じ込み、女子高生を追う男たちめがけて突進した。

派手な柄シャツを着た男たちは女子高生しか目に入っていない様子でその後ろ姿を追いかけていたが、突如猛追してきた銀次に気づくとぎょっとしたように足を止めた。

なにぶん銀次は大柄だ。迫力としては大型バイクが突っ込んできたのと同等か、それ以上のものがあったのだろう。すっかり硬直した二人に、遠慮なく体当たりをした。

スピードがついていた上にしっかり体重も乗せたタックルだ。中肉中背の男たちは、それこそバイクに吹っ飛ばされたかのごとく宙を舞い、無残にも地面に叩きつけられた。

サンダルの裏でざざっと地面をこすってタックルの勢いを殺した銀次は、ふん、と鼻から息を吐いて女子高生に目を向ける。

女子高生も背後の異音に気づいたらしく、立ち止まってこちらを見た。

紺のセーラー服を着た女子高生は、細い脚に紺のハイソックスと、黒いスニーカーを履いていた。肩から下げたカバンまで黒で全身黒っぽい色合いだが、セーラー服のリボンだけが鮮やかに赤い。

肩で息をしながら、女子高生は遠くからこちらを見ている。見知らぬ男に追い回されて、どんなに怯えているだろう。安心させるつもりで銀次は大きく手を振ったが、女子高生の顔を見て、おや、と思った。

相手は息こそ乱しているものの、怯えたような顔はしていない。だからといって安堵したふうに笑うわけでも、敵意をむき出しにしてくるわけでもない。

女子高生は、冬の湖面のように静まり返った表情で銀次を見ていた。

あまりにも落ち着き払ったその顔に、面食らったのは銀次の方だ。頭の上に大きく振り上げていた手が行き場をなくして空を掻く。

とりあえず荒鷹組らしき男たちはすぐそこで伸びているし、女子高生は守れたようだが、これからどうしたらいいのだろう。ポケットに捻じ込んでおいた携帯電話を取り出した。

「あ、もしもし兄貴？　女子高生は守れたんですけど、あとはどうしたら……」

沢田に指示を仰ごうとしたら、道の向こうから黒塗りの車が走ってきた。エンブレムをつけた高級車だ。それが女子高生の傍らでぴたりと止まる。中からダークスーツを着た男たちが降りてきて、すわ新手かと足を踏み出した銀次だったが、沢田に止められた。

『もういい、お前の役目は終わりだ』

「でも兄貴！　なんか別の車が来て女子高生のこと囲んでますよ！」

『いいんだ。それはうちの組の車だ。中には社長が乗ってる』

銀次は踏み出しかけた足を止める。数十メートル離れた先では、ダークスーツの男たちに取り囲まれる女子高生の姿があった。女子高生は車内を覗き込み、中にいる人物を見て小さく会釈をすると警戒した様子もなく車に乗り込んだ。

滑らかに発進した車に銀次は目を凝らす。どの窓にもスモークが貼られているため中の様子を見ることはできないが、あそこに松岡組の組長が乗っているのだろう。自分の命の恩人が。

銀次は両手を体の脇に添えると姿勢を正し、走り去る車に頭を下げた。太陽を信仰する人々が日の出に向かって深く首《こうべ》を垂れるような敬虔な仕草で。

車が見えなくなるまで、銀次は頭を下げて動かない。

握りしめた携帯電話からは、沢田の『どうした、なんかあったのか』という声が響き続けていた。

数時間後、銀次は尾ノ井商店街の近くにあるファーストフード店の二階にいた。

隅のテーブル席でダブルチーズバーガーを食べながら店内を眺める。夕暮れが近づいて、学校帰りらしき学生の姿が多い。近くに高校でもあるのか、男子も女子も紺のブレザーに臙脂《えんじ》色のネクタイを締めていた。

商店街で追いかけられていた女子高生はセーラー服だったが、別の学校もあるのだろうか。今の寮に居付くようになってそろそろ一年だが、主な活動時間が夜なので学生の姿を見る機会など滅多にない。

ダブルチーズバーガーを食べ終えた銀次は、続けて照り焼きバーガーの包みを開ける。二つ目のそれにかじりついたところで、沢田が店の階段を上がってきた。

銀次はハンバーガーを放り出すと、立ち上がって沢田に一礼する。大柄の銀次が突然立っただけでも人目を引くのに、急に頭など下げたものだから周りの高校生がぎょっとした顔でこちらを見た。視線は銀次だけでなく沢田にも注がれ、沢田は羽虫が顔にたかってきたときのように軽く目を眇《すが》めた。

「兄貴、お疲れ様です！」

「……そう堅苦しい挨拶をするな。声も抑えろ。ただでさえお前は体も声もでかいのに」

片手にコーヒーのカップを持ち、沢田は銀次の向かいに腰を下ろす。

沢田は三十代の後半で、銀次とは一回り以上年が違う。白いシャツに黒のスラックスを穿いて、前髪を後ろに撫でつけた姿は会社帰りのサラリーマンと見えなくもない。ただ、目つきに一般人にはない剣呑《けんのん》さがあるせいか、相当ブラックな会社で上司を殴った挙句、社屋に火でもつけていそうな危うさは拭えないが。

沢田は銀次の世話役だ。住所不定無職だった銀次に仕事を与え、最終的に今の職場を斡旋してくれた。おかげで銀次は月々の給金をもらえているし、住む場所にも困らずにいる。沢田には感謝してもしきれない。

膝に手を置き、食べかけのハンバーガーなど見向きもせず一心に沢田を見詰めていると、沢田がまたしても目を眇めた。今度は羽虫よりもう少し大きな、カナブンでも顔面に当たったかのように顔を顰《しか》め、銀次の視線を振り払うべく顔の前で手を振る。

「急に呼び出して悪かったな。とりあえず、食いながらでいいから話を聞いてくれ」

「はい！　失礼します！」

銀次は照り焼きバーガーを鷲掴みにすると、それを三口で腹に収めて勢いよくジュースをすすった。すでにポテトは食べ終えていたので、トレイの上はあっという間に空になる。

続きをどうぞ！　とばかり再び膝に手を置くと、沢田に無表情で溜息をつかれた。

「昼間の件だが。例の女子高生は無事に保護されたそうだ。お前がすぐに駆け付けたおかげだ、よくやった」

「ありがとうございます！　ところであの女子高生、いったい何者です？」

　荒鷹組の構成員に追われていただけでも事件なのに、それをわざわざ松岡組の組長である松岡源之助《げんのすけ》が迎えに行ったのだ。ただ事ではない。

　沢田は手の中でカップを揺らし、どこから説明するか考え込むような顔をする。

「俺も詳しいことはよく知らんが、あの女子高生は社長の命の恩人らしい」

「組長の？」

「社長だ」

　沢田に睨まれ、銀次は慌てて口をつぐむ。組の外で松岡源之助を『組長』と呼ぶことは厳禁で、皆は『社長』と呼んでいる。一般人を無駄に怯えさせないための措置らしい。

　銀次は頭を下げて謝罪すると、身を低くしたまま沢田に尋ねた。

「でも兄貴、命の恩人って、いったい何をしたんです？」

「だから、詳しいことは知らん。だが社長はその恩を忘れずあの女子高生を見守っているらしい。とはいえ社長も多忙だからな。今回みたいに助けが遅れることもある。そこでだ、あの女子高生にうちの組からボディーガードをつけることになったそうだ」

　へえ、と銀次は感心しきった声を上げる。なんの変哲もない女子高生がどうやって源之助の命を救ったのかはわからないが、その恩を忘れない源之助に胸を打たれた。さすが組長、と言いかけた言葉を呑んだところで、沢田に指をさされた。

「そのボディーガードに、お前が任命された」

まっすぐに胸元をさされ、銀次はとっさに掌で胸を押さえた。沢田の目つきが鋭すぎて、銃でも突き付けられたような心許ない気分になったからだ。無自覚に掌で胸の辺りをかばいつつ、亀のように首を伸ばす。

「ボ、ボディーガード？　俺がですか？」

「そうだ。電話一本で真っ先に現場に駆けつけられる俊敏さと、タックル一つで大の男二人を吹き飛ばす頑丈さが気に入られたらしい。それから、その悪人面もよかったみたいだな。わざわざ吹聴して回らなくても、お前があの女子高生の後ろをついて回れば、それだけでうちの人間が彼女を護衛してるのがわかるだろう。荒鷹組を牽制できる」

「で、でも兄貴、俺は夜から繁華街の見回りもありますし、その上女子高生の護衛なんて、さすがに眠る時間もないんじゃあ……？　いえ、兄貴の命令なら見回りだろうとボディーガードだろうとなんだってやります！　やりますが、でもですよ……」

銀次は肩を縮め、子供のように眉を下げる。自身の感情を繕うことをしない銀次は、強面のくせに表情が豊かだ。

沢田は片方の眉を上げると、紙コップを持ち上げてその口元を隠した。笑ったのかもしれないが、銀次はそれに気づかない。

「心配するな。お前がボディーガードを引き受けるなら、繁華街の見回りは誰か別の人間に任せる」

なんだ、と銀次は胸を撫で下ろした。そういうことなら安心だ。薄っぺらいTシャツの上から、分厚い胸板を力いっぱい叩く。

「だったら任せてください！　今日みたいにあの女子高生が荒鷹組に絡まれていたら助けてやればいいんですね？」

「ああ。あの娘が荒鷹組に襲われるのは今回が初めてじゃないらしいし、気をつけろよ」

「でも、どうしてあんな一般人が荒鷹組に狙われてるんです？」

「それは俺もわからん。だが、今回は社長直々の命令だ」

沢田はカップをテーブルに置くと、もう一度銀次を指さした。

「社長はあの娘に相当な恩義を感じているらしい。何を置いても彼女を守れとのお達しだ。お前、この仕事をやり遂げれば松岡組の正式な構成員になれるかもしれないぞ」

銀次の体がびくっと跳ねる。その言葉はまっすぐ銀次の胸を貫いて、一瞬本気で息が止まった。

沢田の下で働くようになってから一年半。松岡組への憧れを募らせるも正式な構成員になることはできず、沢田の手駒としてひたむきに仕事に励み続けた。その努力が報われるかもしれないと知り、心臓が一足飛びに鼓動を速める。

「どうだ、やるか？」

こちらの返答などわかりきっているだろうに、沢田は改めて銀次に問う。

銀次は両手を膝に乗せると、深々と沢田に頭を下げた。

「その仕事、謹んでお受けします！　よろしくお願いします！」

銀次の大声に、店内の人間たちが何事かと言いたげな顔で振り返った。それに気づいていないのは、熱心に頭を下げ続ける銀次ばかりだ。

沢田はやっぱり無言で溜息をつき、寄ってくる羽虫を追い払うように顔の前で緩く手を振った。


松岡組は暴力団だ。

組長は松岡源之助。構成員は二百人。正式な構成員ではない末端の人間も含めればその数は倍以上に膨れ上がる。かなり大きな組織だ。

とはいえ、世間の人々が暴力団と聞いて想像する組織とは少し違うかもしれない。

松岡組の成り立ちは終戦間もない頃までさかのぼる。警察組織すらまっとうに機能していなかった混沌の時代だ。詐欺やかっぱらい、殺人事件すらうやむやのまま闇に呑まれていくそのさなか、自警団として立ち上がったのが松岡組だった。

当時の住民たちは、街でトラブルがあれば警察を差し置いてまず松岡組に助けを求めた。松岡組の組員たちは見返りを求めることなくそれに応じる。トラブルを収めてもらった人々は礼を尽くし、米や野菜などの付け届けを組に送る。そういう関係が長く続いた。

松岡組の立ち位置はその後も変わらず、未だに組員たちは地域住民から気さくに声を掛けられる。強面の銀次でさえ、質の悪い酔漢を撃退するにはそのくらいの面構えでないと、と親しんで受け入れられているくらいだ。

銀次のように繁華街の見守りをしている者たちの仕事は、客同士の喧嘩を収めたりぼったくり店を取り締まったり、あるいは薬物の流入を食い止めたりといったことに留まらない。帰る当てもなく、夜の繁華街をさまよう若者たちに声をかけるのも務めだ。ときには組長である源之助自身が見回りをすることもある。

かくいう銀次も、繁華街で源之助から声をかけられた。

あの日源之助に出会わなければ、自分は路地裏で行き倒れていたかもしれない。銀次にとって源之助は掛け値なしに命の恩人だった。

源之助に恩返しをしたい一心で、銀次は世話役である沢田の下で黙々と働いた。何くれとなく面倒を見てくれる沢田のことも慕っていたので、どんな仕事も苦にはならなかった。

源之助や沢田、松岡組の情けに応えたい。そう切望していた銀次にとって、女子高生のボディーガード任命は願ってもないことだった。源之助の命の恩人だという女子高生なら、命がけで守る理由に不足はない。

そんなわけで、銀次は名も知らぬ女子高生のボディーガードになるべく、沢田の指示でその日のうちにホストクラブの寮を出たのだった。

四月も半ば近く、桜の花はすっかり散った。代わりに青々とした葉が茂り、冬の気配が緩やかに遠ざかっていく。

とはいえ深夜ともなればまだまだ寒い。冷たい風に肩を竦め、銀次は目の前のアパートを見上げた。ブロック塀で周囲を囲われたアパートの脇には桜の木々が揺れ、風が吹くたび無数の葉がざらざらとこすれる音が辺りに響く。

沢田の指示でやってきたアパートは、いかにも昭和の遺物といった古めかしい外観だった。二階に上がる外階段は手すりの部分がすっかり剝げているし、部屋の庇《ひさし》は錆びたトタンだ。

銀次に与えられたのは一階の一〇二号室だった。大きなボストンバッグを肩にかけた銀次は、沢田から受け取った鍵を握りしめてアパートの敷地に足を踏み入れる。

アパートは全部で六部屋ある。建物とブロック塀に挟まれた狭い廊下の手前には、隣の部屋の住人のものだろう洗濯機が置かれていた。道路から見て一番手前が一〇一号室、真ん中が銀次の部屋で、奥が一〇三号室だ。廊下に洗濯機が一つしか置かれていないところをみると、一階の住人は銀次の他に一人しかいないらしい。

部屋のドアは元が何色だったのかもわからないくすんだ小豆色で、ところどころペンキが剝げていた。ドアに郵便物を入れる受口があるが養生テープでふさがれている。長く空き部屋になっていたのだろう。銀次は受口をふさぐテープを剝がして部屋に入った。

室内は真っ暗で、手探りで玄関の電気をつけた。沢田が事前に電気や水道などの手続きは済ませておいてくれたそうで、すぐに明かりが灯ってほっとする。

入ってすぐ右が台所で、左手にトイレと風呂がある。奥にもう一部屋あるようだ。部屋の備え付けか、古めかしい蛍光灯の紐を引いて奥の部屋にも明かりをつけた。畳敷きの六畳一間には襖の黄ばんだ押入れがある。掃き出し窓を開けてみると、小さいながら庭があった。洗濯物を干すスペースのようだ。ブロック塀の向こうに桜の木々が並んでいる。

庭にはアルミの衝立が置かれ、隣の部屋同士の目隠しをしてくれているようだ。しかし衝立は庭の端から端まで届いておらず、若干隙間が空いている。体を半身にすればいくらでも隣の庭に侵入できる代物だ。銀次くらい体格が大きいとさすがに通り抜けるのは難しいかもしれないが、衝立を持ち上げて動かすことならできそうだった。防犯というより、無いよりはましといった程度のプライバシー保護らしい。

銀次は窓を閉めると、肩にかけていたボストンバッグを部屋の真ん中に放り投げた。中には畳んだ寝袋と預金通帳、数着の着替えやタオル、歯ブラシくらいしか入っていない。後はポケットに入れた財布と携帯電話が銀次の全財産だ。

ボストンバッグをクッション代わりに腰を下ろし、銀次はぐるりと室内を見回す。

これまで男五人が押し合いへし合い寝起きする狭苦しい部屋を転々としていたものだから、家具のない部屋がなおさら閑散として見えた。

（今日からここに、一人で住むのか……）

一人暮らしをした経験のない銀次は少しだけ戸惑う。実家を出て土木建築現場で働いていたときも、銀次は社員寮に住んでいた。寮から逃げ出した直後は公園などに寝泊まりして、源之助に声をかけられた後は組が所持している寮を点々とし、少しばかり沢田のマンションで世話になったこともあった。その後はずっとホスト寮暮らしだ。

ホストたちの私物が入り乱れる部屋に慣れてしまったせいか、何もない部屋が落ち着かない。思えば銀次の実家も足の踏み場もないくらい物で溢れていた。菓子の空き袋にビールの空き缶、いつ買ったのかもわからない週刊誌にチラシ。洗濯を済ませたものなのか汚れものなのかもわからない服がそこかしこに埋まっていて、着替えるためには床の上のものを手当たり次第にひっくり返さなければならなかった。

実家の惨状を思いだし、銀次は両手で顔を拭う。

ああはなるまい。もっと人間らしい生活がしたい。

でも、そのためにはどうしたらいいのだろう。まっとうな生活をしたことがないのでわからない。無意識に幼い頃の生活をなぞってしまわないだろうか。今は何もないこの部屋も、いずれ実家と同じ状態にならないとも限らない。

（俺も、親父と同じようになるんだろうか）

溢れんばかりのゴミに埋まって酒を飲む父親の顔を思い出していたら、ふいに携帯電話が着信を告げた。銀次は条件反射のように携帯電話を耳に当てる。画面も見ずに。

『銀次か。アパートにはもう入ったか？』

電話の相手は、思った通り沢田だ。「はい！」と大きな声で返事をすると、短い沈黙が返ってきた。銀次の大声に顔を顰め、耳元から携帯電話を離したのかもしれない。

『……とりあえず、明日の朝から護衛を始めてくれ。例の女子高生の家はそのアパートの近くだ。後で住所と、彼女が家を出る時間なんかを送っておく。お前は彼女が登校する前から家の前に張り込んで、無事学校に着くまで護衛しろ。下校のときも一緒だ』

沢田の言葉に、銀次は生真面目な相槌を打つ。

銀次が急遽このアパートに越してきた理由は、近くに女子高生の家があるからだ。ここならば、万が一彼女に何かあったとしてもすぐ駆けつけられる。

「ちなみに、俺が護衛してることをあの女子高生は知ってるんですか？」

『いや、知らないはずだ。だからお前から声なんかかけるなよ。怯えて逃げられるかもしれないからな。あくまで遠くから尾行して、何かあったらすぐ駆け付けろ』

「わかりました！」

意気込んでどうしても声が大きくなる。沢田は小さな溜息をつき『ところで』と話を変えた。

『お前の口座に金を振り込んでおいた。必要なものはそれで買い揃えろ』

必要なもの、と銀次は繰り返す。女子高生を護衛するために必要なもの、ということだろうか。武器のようなものか、あるいは防具かと考えていたら、また溜息をつかれた。

『家具やなんかだ。お前、寝袋しか持たずに寮を出たらしいな？　どうやって生活するつもりだ』

「寝袋さえあればどうにかこうにか」

『ならない。最低限、冷蔵庫と洗濯機と電子レンジくらいは必要だろう。そういう生活必需品を買うための金だ。遠慮なく使え』

「へ、あ、ありがとうございます！」

思わぬ餞別に声を裏返らせ、相手には見えないと知りつつ深く頭を下げる。そうでなくとも家賃は組で持ってもらっている上に、護衛中は給与も出るのだ。こんなに割のいい仕事は初めてで、嬉しいよりもうろたえた。

『じゃあ、明日から早速頼むぞ。彼女に何かあったら、お前はもちろん俺もただじゃすまない。その辺、肝に銘じておけ』

沢田の声がぐっと低くなって、銀次も押し殺した声でそれに応じる。

『それから、すっかり遅くなったが例の女子高生の名前も教えておく。東四柳《ひがしよつやなぎ》千早《ちはや》さんだそうだ』

「えっ、東……？」

『東四柳、千早さんだ』

長い、と思った。しかも耳慣れぬ名だ。覚えられる気がしない。

とはいえ護衛の自分が彼女の名を呼ぶ機会などないだろう。銀次はもう一度その名を問い直すことはせず、はい、とだけ答えておいた。

『それじゃ、明日から頼んだぞ』

それだけ言って電話は切れた。銀次は通話の切れた携帯電話を握りしめ、よし、と力強く頷く。源之助と沢田に恩返しをするまたとない機会だ。

銀次は早速、明日に備えて寝袋を広げた。部屋の明かりを消し、ごそごそと寝袋に潜り込む。そのまま深く目を閉じてみた。が、寝つけない。

明日のことを思うと興奮して——というわけではなく、静かすぎて眠れないのだ。

仕事が明け、べろべろに酔ったホストを介抱しながら眠りにつく生活を続けていただけに静けさに慣れない。

寝言もいびきも聞こえない部屋は落ち着かず、寝袋の中で目を開けた。豆電球だけつけた部屋は全体が暗い橙色に染まっている。木目の浮いた天井を眺めていたら、どこかでぱきんと小さな音がした。

ぴく、と銀次の耳が動く。隣の部屋の音だろうか。それにしては近くから聞こえた気がしたが。家の立て付けが悪くなっているのかもしれない。こんなボロアパートだ。十分あり得る。

頭ではそう思うのに、銀次は目を閉じることができなくなる。もしも瞼を閉じて、もう一度開けたとき、何かが自分の顔を覗き込んでいたら。そんな想像をしてしまうからだ。

しかしこうして暗がりに目を凝らしているのも怖い。天井にぶら下がった電灯の陰から、何かが顔を覗かせそうな気がする。

何かとはなんだ。わからないからそわそわする。

たまらず銀次は身を起こし、寝袋から出ると足音も荒く台所を抜けて玄関の明かりをつけた。煌々とした光が玄関を照らし、ようやく肩の力を抜く。

大柄で強面、どんな荒事にも臆さず突っ込んでいく銀次だが、彼にも怖いものはある。いわゆる、幽霊などの怪奇現象だ。

銀次とて、昼日中ならその手の怪談を聞いても笑ってやり過ごせる。だが夜になるともう駄目だ。明かりを落とした部屋の中、昼間聞いた話を何度も反芻して眠れなくなる。一度怖いと思ってしまうと恐怖は際限なく募って、部屋の角々にある闇が恐ろしくて仕方なくなった。

玄関の明かりをつけた銀次は、奥の部屋に戻って寝袋に潜り込む。

玄関から台所を通って六畳間に差し込む光は、間接照明のような柔らかさで睡眠の妨げにはならない。そっと室内を見回してみるが、もう暗がりが目の前に迫ってくるような錯覚も起こらず、ほっとする。

（……忘れてたな、こういう感じ）

一年ほどホスト寮で寝起きしていたので、夜がこんなに静かなことも、闇が不穏なほど深いこともすっかり忘れていた。一人で眠る心細さを思い出したのも久々だ。

銀次はもう一度目を閉じ、瞼の裏に薄く感じる光に安堵して体の力を抜いた。

それでも眠りに落ちるまでは、窓の外で桜の木々がざわめく音や、天井の辺りでみしりと鳴る音に何度も体をびくつかせた。

しばらくそんなことを繰り返し、ようやくうとうとし始めたとき、またしてもぱきんと小さな音がした。ほとんど眠りに片足を突っ込んでいた銀次は、わずかに瞼を痙攣させたものの目を開けない。古いアパートだから立て付けが悪いのだと自分に言い聞かせる。

そうして眠りに落ちる瞬間、再び音がした。

(――猫)

夢うつつで瞼の裏に浮かんだのは猫の姿だ。かり、と壁を引っ掻いている。

隣の部屋から聞こえる。いや、隣の部屋にしては少し近い。もう少し、襖一枚隔てた向こうから聞こえてくるような。

押入れの中か、と思った。

ちょうどそのくらいの音の近さだ。押入れの中で、猫が壁を引っ掻いている。それも勢いよく爪を研ぐ調子ではなく、そっと壁に爪を立て、少しだけ引っ掻くように。

(どうしてアパートの押入れに猫なんて……)

考えた端から思考が拡散した。もしかするとこの音は、現実ではなく夢の中から聞こえてくる音かもしれない。そう思ったのを最後に、銀次の意識は夜に溶けた。

翌日、携帯電話のアラームで銀次は目を覚ました。時刻は朝の六時。まだ外は薄暗かったが、大きなあくびをしながら寝袋を出る。

昨日は妙な夢を見たような気がしたが、よく覚えていない。とりあえず顔を洗って服を着替えた。一般人の護衛なので改まった服装がいいかと、黒いスラックスにジャケットを羽織った。どちらも銀次の一張羅だ。

アパートを出て近くのコンビニへ向かう。昨日は夜も遅かったのでよくわからなかったが、アパートの周りは閑静な住宅街だ。コンビニで朝食のパンを買い、沢田から送られてきた住所を頼りに千早の家に向かった。

千早の家は、アパートから歩いて五分ほどのところにある小ぢんまりとした一軒家だ。玄関横に駐車場があり、白い乗用車が一台止まっている。

とりあえず、千早が家から出てくるまでどこかに身を潜めていなければならない。同じ場所に突っ立っていると通報されかねないので、散歩を装い家の周辺をうろうろした。

（近くに公園でもありゃ都合がよかったんだけどな）

小一時間も歩くと腹が減ってきたので、コンビニで買ってきたパンを取り出す。歩きながら封を開け、口に放り込んだところで千早の家の玄関が開いた。中から誰か出てくる。千早かと思いきや、現れたのはスーツ姿の細身の男性だ。父親だろうか。平凡でまっとうそうな男は、目を逸らした瞬間顔を忘れるくらい無個性だ。

遠ざかる背中を眺めながら歩いていたら、遅れて千早も外に出てきた。ちょうど家の前を歩いていた銀次は、千早とばっちり目が合って危うく喉にパンを詰まらせかける。

無理やり喉を上下させ、足早にその場を通り過ぎ曲がり角に飛び込んだ。角からそっと顔を覗かせ様子を窺う。千早は小さな門を開けて道路に出てきたが、背後を振り返る様子もない。昨日一瞬顔を合わせた銀次のことは覚えていなかったようだ。ほっとしたものの、護衛を続けていればいずれ顔は覚えられてしまうだろう。

（俺はどの程度身を隠せばいいんだろうな……？）

あまり堂々と女子高生の後ろを歩いていては通報されそうだが、自分の存在をアピールすることで荒鷹組への牽制になるとも沢田は言っていた。考えた結果、数メートルほど距離を取って千早の後をついていくことにする。

住宅街を抜け、しばらく歩くと駅前にやってきた。電車に乗るのかと思いきや、千早はその前を素通りした。

通り過ぎた駅の改札からは、千早と同じようなセーラー服を着た女子生徒や、詰襟の男子生徒がぞろぞろと出てくる。近くに高校があるらしい。

駅前を通り過ぎ、またしばらく歩くと大きな河川敷に出た。土手沿いの道を歩くうちに学生たちの数も増えて、数人で固まって歩く姿も見られるようになってきた。

千早はと見ると、誰に声をかけるわけでも、かけられるわけでもなく、一人で黙々と歩き続けている。歩幅が広いのか足が速く、何人も学生を追い抜いた。

千早のまっすぐに伸びた背中と、肩先で揺れる髪を眺めながら銀次も歩く。ときどき周囲にも視線を配ったが、荒鷹組らしき姿は見受けられない。学生に交じって、たまに犬の散歩をしている飼い主とすれ違う程度だ。

千早の家を出て、二十分ほどで千早の通う陽嶺《ようれい》高校に到着した。

校門を潜《くぐ》る千早の後ろ姿を見送って、銀次は小さく息をついた。後は授業を終えた千早が学校から出てくるまで校門の前で待つばかりだ。

ありがたいことに、学校の向かいには広い公園があった。雑木林に囲まれたそこは薄暗く、銀次のような人間が四六時中ベンチに腰を下ろしていてもさほど目立たなそうだ。千早が校舎に入ったのを見届けた後、銀次は道路を挟んだ向かいにある公園に足を向けた。正門が見えるベンチを選んで腰を下ろす。

沢田からの事前情報によると、千早は高校二年生。部活動には参加しておらず、十六時頃には学校を出ることがほとんどだそうだ。

千早の帰宅時間まで自宅で待機していてもよさそうなものだが、万が一千早が早退などしたときすぐ行動を共にできるよう、銀次もずっとこの場にいなければいけないらしい。とはいえそこまで厳密に見張っていなければいけないわけではないようで、昼食を買いにコンビニに行ったり、トイレに行ったりするくらいは許されている。

銀次が敬愛する源之助と千早はアドレスの交換をしているそうで、窮地に陥ったときは千早から源之助に連絡があるそうだ。となると銀次などいてもいなくてもよさそうなものだが、電話をかける余裕もないほど切迫した状況に備えてのことだろう。

（にしても、組長とアドレスの交換までしてんのか。命の恩人とはいえ、すげぇな）

千早はいったいどんな状況で源之助の命を守ったのだろう。至って一般的な女子高生にしか見えないし、特別腕っぷしが強いというわけでもないだろうに。もし見た目に似合わぬ剛腕の持ち主なら、銀次が荒鷹組から千早を守らなければいけない理由もなくなる。

（荒鷹組があんな女子高生を狙ってる理由もわからんな？）

わからないことだらけだが、銀次は敢えてそれを追求することはしない。自分はただ、求められた仕事をこなすだけだ。

銀次は胸の前で腕を組むと、続々と学生たちが吸い込まれていく校門をじっと睨んで待機を続けた。


見回り中の警察官から一度職務質問を受けたものの、それ以外は特に問題もなく夕方を迎えた。授業を終え、校門から出てきた千早の後を追いかける。

朝と同じく、千早は背後を振り返ることなく足早に土手を歩いて駅前を通り過ぎた。寄り道をすることも、荒鷹組が現れることもなく無事帰宅する。

しかし銀次の仕事は終わらない。この後は、千早の家の明かりが落ちるまで周囲を警戒だ。一度自宅に戻った千早が、買い物などで外出する可能性もあるので気は抜けない。

結局その日は、日付が変わる少し前まで千早の家の前で待機した。

なかなかの長時間労働だが、力仕事をするわけでもないのであまり苦にならない。銀次の場合どんな仕事をするにしても、昔逃げ出したブラックすぎる建築現場が基準になってしまうので滅多に音を上げることもなかった。

帰りにコンビニでカップラーメンを買って家に戻る。部屋にはガスコンロもなければ電気ポットもないので店先で湯を入れた。家に着くころにはすっかり伸びていたそれを台所で立ったまま食べ、シャワーを浴びたら後は眠るだけだ。

昨日と同じく玄関の明かりだけつけて寝袋に入った。さほど疲れた気もしなかったが、いつ千早が現れるかわからない状況で張り込みをするのは存外気の張ることだったようで、あっという間に瞼が重くなる。

意識が溶ける直前、部屋の隅で小さな音がした。

かたかた、と、どこかの板が震えるような音だ。一瞬意識が浮上したが、隣の部屋の音だろう。瞼を開けるには至らず、再び意識が遠くなる。

ぎ、ぎぎ、と木の軋む音。床を歩く音だろうか。木造アパートだからよく響く。

音は銀次の左手、押入れの方から響いてくる。押入れの壁は隣の部屋と接しているから、そちらから音がするのは当然か。案外はっきり生活音が聞こえるのだな、と思ったそのとき、かり、と微かな音がした。

床を踏む音とも、壁が軋む音とも違う。何かを引っ掻くような音だ。軽いその音は、紙を掻くような……そうだ、襖を引っ掻く音に似ている。

（……猫）

眠りに落ちる直前、そういえば昨日も同じ夢を見たと思った。押入れの中に猫がいて、内側から襖を引っ掻いている。

かり、かり、かり。

（どんな猫だろう——……）

白猫、黒猫、三毛猫。

愛くるしい猫の姿を想像しながら銀次は眠りに落ちる。

室内にはすぐにいびきの音が響いて、あの微かな音はもう聞こえなくなっていた。

翌日も、朝の六時にアラームが鳴って目を覚ました。

起き上がり、あくびをしながら寝袋のファスナーを下げる。すぐには頭がはっきりせず、座ったままぼんやりしていた銀次だったが、ふと違和感を覚えて視線を横に向けた。

視線の先にあったのは押入れだ。その襖が、ごくわずかに開いていた。

銀次の小指が入るかどうかというくらいの細さだ。この部屋に越してきてから一度も押入れは開けていないが、元から開いていたのだろうか。

銀次はがりがりと後ろ頭を掻いて、おもむろに手を伸ばすと襖をしっかりと閉めた。立ち上がり、そういえば昨日は眠る前に隣の家から音がしたな、と思う。

押入れの方から音がしたということは、音の出所は銀次の部屋から向かって左、一〇三号室だ。

共同住宅なのだし、多少の生活音は気にするまいと思いながら寝袋を出た銀次は、次の瞬間ぴたりと動きを止めた。

（……一〇三号室？）

微かな胸騒ぎを覚え、銀次は立ち上がって玄関に向かう。ドアを開け、首を伸ばして廊下の左右に目をやった。

押入れとは反対側の壁で接している一〇一号室のドアの横には、洗濯機が置かれている。あれは初日からあった。一〇一号室には確かに住人がいる。銀次はゆっくりと反対隣に目を向けた。

一〇三号室の部屋の前には、洗濯機がない。

（こっちは誰も住んでないのか？　でも昨日、確かに物音が……）

見えない指先で背筋を撫で下ろされたようにぞっとして、銀次は慌てて首を振った。別に洗濯機がないからといって人がいないとは限らない。現に銀次だって引っ越したばかりでまだ洗濯機の用意がないのだ。そういうこともあるだろうと自分を納得させようとしたが、一〇三号室の玄関を見て息が止まった。

アパートのドアにはすべて郵便受けがついている。

一〇三号室の受口には、緑色の養生テープでしっかりと目貼りがされていた。

銀次でさえ受口に貼られたテープは真っ先に剝がしたというのに。まさか本当に誰も住んでいないのか。だとしたら、うとうとしながら聞いたあの音はなんだ。

（いや、単にとんでもなくずぼらな人間が住んでるだけかもしれないだろ）

銀次は部屋に戻るとすぐに奥の間を突っ切って、掃き出し窓から庭に下りた。

錆びた物干し台が置かれた庭の左右にはアルミの衝立が置かれている。銀次はその隙間に顔を突っ込んで一〇三号室の様子を窺った。

銀次の部屋と同じく、庭には錆びた物干し台が置かれているだけで、洗濯物はおろか、物干し竿すら置かれていない。

銀次は衝立の隙間に無理やり上半身を突っ込み、必死で部屋の中を確認しようとした。そして気がつく。窓にカーテンがかかっていないことに。

さっと体から血の気が引いた。やはり誰もいないのか。

（いや、でも、俺だってまだ部屋にカーテンつけてないし……！）

そうは思ってみるものの、銀次がこの部屋にやってきたのはかなり特殊な事情があったからだ。急を要するため必要最低限の日用品を用意するだけの暇もなかった。

普通に生活していたらカーテンくらいつけるはずだ。やはり隣には誰もいないのか。はたまた昨日自分が聞いたと思った物音は夢だったのか。考えてみるが、押入れの方から物音がしたのは確かなような気がする。そうだ、だから自分は猫の夢など見たのだ。押入れの襖を引っ掻くような音が確かにした。

　青い顔で衝立に寄り掛かっていたら、常人よりも大きな体が災いしたのか、衝立がぐらりと傾いた。しまった、と思ったときにはもう、衝立が隣の家の庭に倒れ込む音が辺りに響く。

　銀次は慌てて衝立を起こし、こうなったら非礼を詫びるついでに隣人の顔を見ておこうと思った。万が一相手が女性だったら、最悪警察沙汰だ。男性であることを祈りつつ、ちらりと窓の方へ目を向け――その場に棒立ちになった。

　カーテンのかかっていない窓の向こうは、銀次の部屋と同じく畳を敷いた六畳間だった。銀次の部屋とは左右対称の間取りだが、押入れの位置が逆だという以外は奥の台所も、ガス台の位置もすべて一緒だ。

　そして、ボストンバッグ一つで引っ越してきた銀次の部屋と同じく、一〇三号室にも何も物がなかった。畳の部屋には家具一つなく、奥の台所もがらんとしている。冷蔵庫もなく、ガス台にはガスコンロすら置かれていなかった。

　空っぽの部屋だ。人が住んでいるようには見えない。銀次の部屋だって似たようなものだが、それでもボストンバッグやら寝袋やら、昨日買ってきたカップラーメンのゴミやらはある。

　しかし一〇三号室からは、そういった人のいる気配が欠片《かけら》も伝わってこなかった。

（でも、昨日確かに、物音が……）

瞬間、背筋にぞわっと怖気《おぞけ》が走った。

「いや、寝ぼけてただけでただの聞き間違いかもしれないよな!?」

思わず声に出していた。沈黙が恐ろしく、調子外れな鼻歌を歌って衝立の位置を直す。気のせい、気のせいと口の中で繰り返し、手早く身支度を整え部屋を飛び出した。

足早にアパートから離れる。途中、一度だけ背後を振り返ってみた。

アパートの後ろでは桜の木々が重たげに枝を揺らしている。鬱蒼とした雰囲気だ。

昨日まではただの古ぼけたアパートにしか見えなかったのに、今は建物全体に不穏な影が漂っているようで、銀次は一つ身震いしてアパートに背を向けた。


学校から、チャイムの音が響いてくる。茜色の空にこだまするその音は妙に間延びしてのどかだ。昨日までは学生時代を懐かしんでその音に耳を傾けていた銀次だが、公園のベンチに腰掛けて千早を待つその顔は暗かった。

もうすぐ千早が校門から出てくる。その後を追って家に帰るのを見届けたら、また夜が更けるまで千早の家を見張っていなければならない。

それはいい。それはいいのだが、その後アパートに戻るのが憂鬱だった。

(……いや、あんなのただの気のせいなんだから)

今日だけで何度胸の中で繰り返したかわからない言葉を呟き、溜息をつく。気のせいとわかっていても気が重いのは変わらない。

そうこうしているうちに千早が校門から出てきた。

朝と同じく一定の距離を取って千早を追いかけようとベンチを立った銀次は、千早が公園に入ってきたのを見てぎょっとする。

もしや自分の存在に気づかれたか。とっさにその場を離れ、公園の周囲に植えられたつつじの植え込みの後ろに隠れる。

よく考えたら、遅かれ早かれ千早にこちらの存在はばれるだろうし、ことさら隠す必要はないのではと気づくのと、こんなふうにこそこそ隠れていたら今度こそ通報される、と思ったのはほぼ同時だ。

立ち上がるか否か迷っているうちに、千早は先程まで銀次が座っていたベンチまでやってきてそこに腰を下ろした。カバンから何か取り出している。文庫本のようだ。膝の上に広げて本を読み始めた。

今日はここで本を読んでから帰るつもりらしい。ならば自分もどこかに腰を落ち着けて千早を見守らなければ。とりあえず、植え込みの後ろにしゃがんでいるこの状況はまずい。こんなところから女子高生を眺めているなんて、不審者と指さされても言い訳ができない。

公園内にはほかにもベンチが多数ある。さりげなく立ち上がってそちらに移動しようとしたそのとき、千早のもとに近づく人影が現れた。

銀次はさっと表情を硬くして千早たちを注視する。

千早に声をかけたのは、犬のリードを引いた五十代の男性だ。連れているのはポメラニアンで、本人も温厚そうな顔をしている。荒鷹組の者ではなさそうだが、外見に惑わされてはいけない。固唾《かたず》を呑んで二人の様子を見守った。

男性はニコニコと笑いながら千早に何か話しかけているが、対する千早は無表情だ。相手から目を逸らすことなく相槌を打っているということは、一応コミュニケーションをとる気はあるようだが、それにしたって不愛想極まりない。

会話が聞こえずやきもきする銀次をよそに、男性は千早に向かって丁寧に頭を下げると、懐から何かを取り出した。紙幣のようだ。千早はやはり無表情でそれを受け取って、軽く頭を下げた。

（なんだ、あの金は……？）

初老の男性と女子高生が、静かに金銭のやり取りをしている。その姿を見て真っ先に思い浮かんだのは、薬の売買だ。銀次が見回りをしていた繁華街でもたまに見かけた。

まさか千早は高校生ながら薬の売人でもしているのだろうか。だが松岡組は薬の売買をご法度としている。組長である源之助がそれを知ったら、相手が高校生だろうが厳罰に処しているはずだ。

（まさか組長もこのことは知らない、とか……）

あるいは千早を護衛するというのは建前で、こうして薬を売買する現場を押さえるのが真の目的だったのだろうか。だとしたら、このチャンスを逃してはならない。

銀次はスラックスのポケットから携帯電話を取り出すと、慣れない手つきでカメラモードにして千早たちのいるベンチにレンズを向けた。

「……あれ？」

携帯電話の画面を覗き込み、銀次はぽかんと口を開ける。つい先程までそこにいた男性の姿はすでになく、千早の姿すら消えていた。

慌てて茂みから身を乗り出したその時、背後でぱきんと小枝を踏む音がした。

人の気配を感じて素早く振り返れば、そこには千早の姿があった。

いつの間に背後に回り込んだのか全くわからなかった。逃げ場もなく、銀次は口を半開きにして千早を見上げることしかできない。

千早は無表情に銀次を見下ろし、銀次の手元で目を留める。握りしめた携帯電話はカメラモードのままだ。こんなのどこからどう見ても盗撮をしている不審者にしか見えない。

慌てて携帯電話をしまおうとしたら、横からにゅっと千早の腕が伸びてきた。

銀次の肩越しに腕を伸ばした千早は、物も言わず携帯電話に指先を当てる。次の瞬間、画面がぐにゃりと虹色に歪んで、突如電源が落ちた。

「はっ!?」

何事かと銀次は携帯電話の電源ボタンを長押しする。しかし画面は黒いままだ。うろたえて千早を振り返り、その指先に銀色のコインのようなものが挟まれていることに気がついた。

「……な、なんだ、それ？」

大きさは五百円玉程度で、数ミリほどの厚みがある。表にも裏にも刻印のようなものはない。あれを持った手が携帯電話に触れた途端、画面の映像が激しく乱れた。

千早は手の中にコインのようなものを握り込むと、短く言った。

「超強力磁石」

「じ、磁石……?」

「精密電気機器に近づけると、大抵のものは壊れる」

そういえば子供の頃、テレビに磁石を近づけようとして父親にひどく怒鳴られたことがあった。千早が故意に磁石を近づけて銀次の携帯電話を壊したのだと理解して、銀次は勢いよくその場に立ち上がった。

たちまち視線が逆転する。近くで見ると、思った以上に千早は小柄だ。銀次の肩にぎりぎり頭が届くくらいで、こちらを見上げる千早の顎は完全に上を向いている。

「お前っ……!　人の携帯になんてことしやがる!」

とっさのことで、声量をセーブすることも忘れて怒鳴りつけてしまった。公園内を散歩していた人がぎょっとしたように振り返り、慌てて口をつぐんだがもう遅い。

泣いて逃げられるのでは、と思ったが、意外にも千早は眉一つ動かさず、それどころか堂々とした態度で腕を組んだ。

「貴方こそなんなんですか。昨日から私のことをつけていたでしょう。ストーカーですか?　それとも変質者?　どっちにしろ通報しますよ」

銀次は勢い込んで口を開くも二の句が継げない。圧倒的に分が悪いのはこちらだ。通報されれば千早の護衛を続けられなくなる。ひとまず怪しい者ではないことを伝えようと声を低くした。

「俺は……変質者じゃない。松岡組の組長……じゃなかった、社長の命令で、お前の護衛をしてるんだ」

銀次は壊れた携帯電話をポケットに突っ込むと、害意はない、と示すつもりで空になった手を胸の辺りまで上げてみせた。松岡組の名を出せば千早も事情をわかってくれるだろう。そう思ったが、返ってきたのは思いがけないセリフだ。

「護衛なんて頼んでません」

銀次は目を見開き、いやいや、と身を屈める。

「そっちは知らないかもしれないけどな、うちの社長がそう手回ししてくれたんだよ。社長ってわかるだろ？　松岡源之助……」

「知らない人ですね」

「嘘つけ！　組長とアドレスの交換したって聞いてるぞ！」

「つい最近、無理やりアドレスを教えてきた人ならいますが。外車に乗った和装の男性」

「やっぱり面識あるんじゃねぇか！　その人がうちの組長だよ！」

「社長さんだか組長さんだか知りませんが、その人は私のような一般人を盗撮するのがお仕事ですか」

千早は銀次のポケットに冷たい視線を注ぐ。

銀次はポケットの上から携帯電話を押さえ、違う、と吼えるように叫んだ。

「それは！　お前がこんな場所で金のやり取りなんかしてるからだろ！　なんか犯罪まがいのことでもやってんのかと思って、とりあえず、う、上に指示を仰ぐために撮ろうとしただけで……！　実際には撮ってない！」

千早は相変わらずの無表情だ。身長差があるので見上げられているはずなのに、見下ろされている気分になるのはなぜだろう。冷え冷えとした視線を向けられるのに耐えられなくなって、銀次はいっそう声を荒らげた。

「お前こそ、さっきの金はなんなんだ！　こんなところで何してたんだよ！」

痛いところを衝いてやったつもりで鼻息を荒くしたが、千早の反応はやはり冷淡なものだ。

「貴方には関係ない」

短い分、取り付く島もない一言で切って捨てられ、返す言葉を失った。

立ち尽くす銀次を一瞥すると、千早は組んでいた腕をほどいて踵を返した。

「とにかく、護衛なんて私はお願いしていません。後をつけるのはやめてください。盗撮なんて言語道断です。お引き取りを」

言うだけ言って、千早はまたベンチに戻っていく。

銀次は呆然とその後ろ姿を見送り、ようやく我に返って顔を歪めた。

（なんだ、どういうことだ……。こっちは守ってやろうってのに、なんだよあの態度は！）

怒りで顔が赤くなる。護衛なんて頼んでいないと言うのなら、こっちだって守ってやる義理などない――と言いたいところだが、沢田や源之助に対しての義理は捨て置けない。千早がなんと言おうと、あの二人が護衛を命じるのなら、銀次に従わない理由などないのだ。

銀次は凶悪な面相のまま、大股で千早のもとに歩み寄る。千早が腰かけるベンチまでやってくると、無言でその端に腰を下ろした。

膝の上で本を開いたまま、千早がちらりとこちらを見る。何か言われる前に、銀次は口早にまくし立てた。

「別にお前に用があるわけじゃねぇよ！　公園で休憩してるだけだ、文句あるか！」

自分でも、額に青筋が立っているのがわかった。夜の繁華街で同じように凄めば、大抵の酔っ払いは酔いが醒めたような顔をしてその場から逃げ去るものだが、千早は一つ瞬きをして、無言で本に視線を戻しただけだ。

銀次は苛々と足を揺らす。自分が一喝すればどんな相手でもすごすご引き下がるという自負があっただけに、たかが女子高生に軽くあしらわれたことが悔しかった。

（ていうかこいつに護衛とか必要あるか!?）

たとえ荒鷹組の連中に絡まれても、今の調子で撃退しそうだ。まったく怯えた様子がない。こんな調子で荒鷹組の人間も軽く扱って不興を買ったのかもしれず、自業自得だと思えば守ってやる気も吹っ飛んだ。

憤然とした顔で脚を組むも、千早は視線すらこちらによこさない。銀次などいないかのように、涼しい顔で本のページをめくっている。苛立ちは募る一方だ。

千早は公園で一時間ほど本を読み、辺りが薄暗くなる頃ようやくベンチを立った。

ポメラニアンを連れていた男性の他に千早に声をかける者はなく、結局あの金銭のやり取りがなんだったのかもわからずじまいだ。

千早が公園を出ると、銀次も立ち上がってその後に続く。

もう千早に自分の存在はばれているのだし、大きく距離を置くことはやめてこちらの足音が聞こえるくらいの間隔で後ろを歩いた。もちろん千早は銀次がつけてくることに気づいているだろうが振り返らないし、逃げるように足早になることもない。同じペースで堂々と歩き続ける。

(……ヤクザにつけられてるのに怯えもしないなんて、可愛げのない)

普通はもう少し怖がったりするものではないのか。それどころか喧嘩を吹っ掛けるようなことを言うなんて、命知らずもいいところだ。

(俺みたいな真面目人間じゃなければ、組長の命令なんて無視して後ろから襲い掛かってるかもしれないんだぞ、もうちょっと警戒しろ!)

千早の背中に愚痴とも小言ともつかないものをぶつけているうちに家に着いた。

銀次はもう隠す気もなく千早の家の前で足を止め、千早が玄関を開けて家の中に入っていくのを見届ける。家に入る瞬間、さすがに千早もこちらを見た。しかしそれは一瞬のことで、すぐに興味もなさそうに目を逸らされる。

玄関の扉が閉められ、銀次はムッと眉を寄せた。

いっそのこと、護衛なんて放り出して家に帰りたい気分だ。だができない。仕事を放棄したら、源之助と沢田に顔向けできなくなってしまう。

自分で言うだけあって真面目な銀次は渋い顔のまま、その日も日付が変わる直前まで千早の家の前に立ち続けたのだった。

千早に携帯電話を壊された翌日、アパートに戻ると廊下に沢田が立っていた。急に連絡がつかなくなったので心配して様子を見に来てくれたそうだ。

携帯電話が壊れた経緯を説明すると、沢田は千早に不快感を示すどころか、「豪胆なお嬢さんだな」と愉快そうに笑って手持ちの携帯電話を貸してくれた。

銀次の部屋に上がった沢田は、寝袋とボストンバッグしかない部屋を見て呆れたような顔をした。そして、今度の土日は別の部下を千早の警護につけるので、その間に携帯電話の機種変更をして、生活に必要なものも買いに行けと言った。

そんなわけで、千早の護衛を始めて最初の土曜日、銀次は家の近くにあったホームセンターとリサイクルショップで必要最低限のものを買い揃えてきた。

リサイクルショップでは電気ポットと小さなちゃぶ台を買った。これでコンビニの店先でカップラーメンに湯を入れることも、台所で立ったまま食事をすることもなくなる。

ホームセンターではカーテンと布団を買った。冷蔵庫と洗濯機は次の機会だ。銀次は自炊をしないいし、アパートの徒歩圏内にはコンビニもある。コインランドリーも近くにあったので、洗濯機がなくとも問題ない。

買い物を終えてアパートに帰ると、早速窓辺にカーテンを吊るした。窓を開け、レースのカーテンが風に揺れるのを眺める。

他に必要なものはなんだろう。すぐには思いつかない。実家はたくさんの物で溢れていたが、半分はゴミで、始末をするのが面倒だから溜め込まれていたものばかりだった。

普通の暮らしが銀次にはよくわからない。世の中には家の中で心地よく過ごすためのものが多く売られているようだが、本当にないと困るものなど少なくて、せいぜいボストンバッグに詰め込める程度の量しかない。

買ったばかりの布団が入っている段ボールに凭《もた》れてそんなことを考えていたら、押入れから微かな物音がした。

銀次はぎくりと体を強張らせ、勢いよく起き上がって布団の入った箱を開け始めた。耳を掠めた物音を掻き消すように力任せにガムテープをちぎり、布団の入っている圧縮袋を破る。

固く目をつぶったまま押入れの襖に手をかけ、勢いよく開く。押入れは上下段に分かれていて、ほとんど蹴り込むように下段に布団を押し込んだ。すぐさま音を立てて襖を閉め、はぁ、と大きく息を吐く。

耳を澄ましてももう物音はしない。寝袋があるのにわざわざ布団を買ったのはこのためだ。眠るためというより、布団を防音材の代わりにしたかった。

このアパートに引っ越してきてから、そろそろ五日が経つ。一〇三号室の玄関前には未だに洗濯機が置かれず、庭から覗き込んでみても窓辺にカーテンが吊るされる様子もなく、玄関の郵便受けにはテープが貼られたままだというのに、たまに一〇三号室に接している押入れの方から物音がする。

最初は気のせいかと思った。眠る直前に夢でも見たのだろうと。

しかし最近は眠る前でなくとも音がする。

よく聞こえてくる、ぎ、ぎぃ、と板が軋む音は、隣の部屋の壁に誰かが寄り掛かる音ではないか。隣の住人ならば構わない。集合住宅で生活音が聞こえるのは当たり前のことだ。

だが、一〇三号室に誰かが住んでいる様子はない。

（いや、隣の奴だって俺と同じ考えの持ち主かもしれない。冷蔵庫も洗濯機も必要なくて、俺よりずぼらで、カーテンすらなくてもいいってだけかもしれないだろ）

だんだん夜が更けてきて、銀次は陰鬱な表情で畳に寝転んだ。

どうも頭がぼんやりするのは、ここ数日熟睡できていないせいだろう。ただでさえ千早の護衛を始めるまでは昼夜逆転の生活をしていたのだ。朝起きて、夜眠る生活に体が慣れていない。その上部屋の明かりを消して眠ろうとすると押入れから物音が聞こえるので、最近は六畳間の電気もつけたまま眠るようになっていた。熟睡などできるわけもない。

今日は早く眠ってしまおうと、銀次はコンビニで買ってきたカップラーメンで夕食を済ませてシャワーを浴びた。

浴室には浴槽がなく、壁にシャワーがついただけのそこはまるでシャワールームだ。部屋の古さに反してタイルだけが新しいので、後から改築されたものかもしれない。これだけ古いアパートだ。元は風呂なしだったとしても不思議ではない。

ざっと一日の汚れを落とし、濡れた体を拭きながら部屋に戻った銀次は、六畳間の入り口で足を止めた。

押入れの襖が薄く開いている。

銀次の小指が通るか通らないかという、ほんのわずかな隙間だ。先程布団を入れるときに閉めそこなったか。

銀次は己の手を見る。襖を閉めたとき、襖の端が押入れの柱を叩く感触が確かにあった。そうだ、閉めたはずだ。隙間もないくらいしっかりと。

掌から押入れに視線を移す。襖は相変わらずほんのわずかに開いている。

そのとき、かり、と何かが襖の内側を引っ掻くような音がした。

銀次の体が跳ねる。今の音は、おかしいんじゃないかと思った。

今までどうして気づかなかったのだろう。押入れの向こうから聞こえてくる音が隣人の生活音だったとしたら、あんな音がするわけがない。あれは襖を掻く音だ。それが真実だとしたら、隣室ではなく押入れの中に誰かがいることになるではないか。

息を止め、大股で押入れに近づくと力任せに襖を閉めた。

馬鹿馬鹿しい、と思った。襖を閉めるときに勢いがつきすぎて、反動で少し開いてしまっただけのことだ。それなのに怯えるなんておかしい。頭ではそう思うのに心拍数は急上昇して、意味もなくその場で足踏みをしてしまう。

（空耳だ。怖がるからありもしない音が聞こえるんだ。いや、怖くなんかねぇよ、こんなもの――）

押入れの向こうで、ぎ、と木の軋む音がしてびくっと体が跳ねた。

銀次は慌てて押入れから離れると、床に広げたままにしていた寝袋に慌ただしく潜り込んだ。押入れには買ったばかりの布団が入っているのに、襖を開けることができない。明かりを消すこともできず、電気が煌々と灯った部屋で目を閉じる。

このアパートは古い。きっと立て付けも悪いのだろう。

自分に言い聞かせながら眠ろうとするが、やはり今夜も熟睡できない。

浅い眠りを繰り返し、何度も同じ夢を見る。

押入れの中に何かがいて、かり、かり、と襖を引っ掻く。襖は薄く開いていて、そこから何かがこちらを見ていた。

夢だとわかっているのに恐ろしく、銀次は窮屈な寝袋の中で寝返りを打って、無理やり視界を閉ざしたのだった。

前日は早めに眠ったはずなのに、日曜はあまりすっきり起きられなかった。目覚ましをかけなかったので長く寝すぎてしまったのか、体の節々が少し痛い。

今日も千早の護衛は休みだ。携帯電話の機種変更をしなければ、と立ち上がったところで、室内にチャイムの音が響き渡った。

なんの変哲もないチャイムの音に身を竦ませてしまった銀次は、そんな自分に腹立たしさを覚えて大股で玄関に向かう。びくびくしている自分が情けなく、八つ当たり気分で勢いよく玄関のドアを開いた。どうせ新聞の勧誘か何かだろうと高をくくって。

しかしそこに立っていたのは、洗剤や遊園地の割引券を手に新聞の購読を迫る勧誘員ではなかった。

待ち受けていたのは、墨色の着物に縞の帯を締め、白いものの交じり始めた髪を後ろに撫でつけた男性だ。年は五十代といったところ。姿勢よく立つ男性の顔を見て、銀次は腰を抜かしそうになった。

「く……っ、組長……！」

そこにいたのは松岡組の組長、松岡源之助本人だった。その背後には黒服の男が二人控えており、銀次を鋭く睨《ね》めつけている。

呆然と目を見開く銀次の前で、源之助は薄く目を細めた。

「久しぶりだな、坊主」

それは三年前のあの雨の日、繁華街で行き倒れている銀次に傘を差しかけてくれたときと同じ声音だった。覚えていてくれたのかと思ったら、驚愕と歓喜が代わる代わる襲い掛かって声も出ない。

源之助は硬直する銀次に背を向け、手短に告げる。

「外に車を待たせてある。支度が済んだらすぐに出といで」

銀次は信じられない思いで源之助の背中を見詰めていたが、その後ろに控える付き人に睨まれていることに気づき、慌てて洗面所に飛び込んだ。


古びたアパートの前には、二車線の道路を一台でふさいでしまうくらい大きな黒の外国車が停められていた。

大慌てで顔を洗い、一張羅のジャケットを羽織って部屋から飛び出してきた銀次が車に近づくと、すぐに助手席から黒服が降りてきて後部座席のドアを開けてくれた。促され、へどもどしつつ車内に足を踏み入れる。

後部座席と運転席の間には仕切りがあり、後ろの席の会話は運転席まで届かないようになっているらしい。源之助は、広々としたシートにゆったりと腰掛け銀次を待っていた。

銀次はぎくしゃくとその隣に座り、緊張した面持ちで源之助を見遣った。

三年前、源之助に声をかけられ、紆余曲折の末沢田の下で働くようになった銀次だが、こうして源之助と相まみえるのはこれが二度目だ。銀次は松岡組の構成員ですらないのだから、組長である源之助と直接口を利く機会などあるわけもない。

口元にほのかな笑みを浮かべた源之助の横顔は穏やかで、とても極道者のようには見えない。茶道の家元などと言われたら疑いもなく信じてしまいそうだ。

まじまじと源之助を凝視しているうちに車が走り出していた。ほとんど振動が伝わってこなかったのでいつ発車したかわからなかったくらいだ。さすが高級車、などと場違いに感心していると、源之助がゆるりとこちらを見た。

「お前、名前はなんだった？」

「お、俺は、浅井《あさい》銀次と申します……！」

銀次は緊張で声を掠れさせながら、源之助に向かって深々と頭を下げる。源之助は「渋い名前だな」と低く笑って、着物の袂から真新しい携帯電話を取り出した。

「今日はこれを渡しにきたんだ。携帯電話が壊れたんだろう？」

銀次は目を丸くして、震える指で携帯電話を受け取った。

「そ、そんなことのために、わざわざ足を運んでくださったんですか……？」

「そんなこととは言うが、携帯電話は生活必需品だろう。あいにく沢田の番号は知らないから登録していないが、私の番号は入れてある。他にも何人か部下の番号を登録しておいたから、何かあったら連絡をよこしてくれ」

まさか源之助本人の番号を入手できるとは思わず、銀次は両手で携帯電話を押し頂いた。銀次から見れば、正真正銘雲の上の人物の番号だ。感激して口も利けずにいると、源之助からこう言い足された。

「できれば定期的にあのお嬢さんの様子を連絡してくれ。何もなかったなら、何もなかったと一言送ってくれればそれでいい。それだけで随分安心できる」

携帯電話に視線を注いでいた銀次は顔を上げ、じっと源之助の顔を見詰めた。

源之助はどうしてそこまで千早のことを気にかけるのだろう。この数日間ずっと護衛をしていたが、千早は特筆すべき点もないただの女子高生だ。そんな彼女が、どうやって源之助の命の恩人たり得たのか。

銀次の食い入るような視線を受け、源之助は鷹揚に笑った。

「お前も、どうしてあのお嬢さんを護衛しなくちゃいけないのかわからないんじゃ仕事に身が入らないだろう。簡単に経緯を説明しておこうか」

「は……っ、はい！」

願ってもないことだと身を乗り出した銀次に、源之助は笑みを含ませた声で言った。

「手短に言うと、あのお嬢さんはちょっと特殊なんだ。どうやら、私たちには見えない何かが見えるらしいんだな」

固唾を呑んで源之助の言葉を待っていた銀次は眉を寄せる。何やら漠然とした言い方で要領を得ない。

「……あの、組長。何か、というのは……？」

「うん、なんだろうなぁ。私にもよくわからん」

そう言って源之助は喉の奥で笑う。ごまかされているのかと思ったが、ひとしきり笑うと源之助は真顔になって、「半年前のことだ」と切り出した。

「去年の秋口かな、用があって車で移動していたんだが、途中で道に迷ってね。カーナビを使っているはずなのにどうしても目的地に着かない。何度も同じ場所をぐるぐる回っている」

同じ踏切を二度も三度も通り抜け、いい加減うんざりしてきたとき、たまたま踏切の遮断機が下りて車が止まった。

「苛々していたら誰かが車の窓を叩いた。それがあのお嬢さんだ」

普通なら一般人が窓を叩いてきたところで反応するはずもないのだが、そのときは気まぐれに運転手に窓を開けさせた。相手がセーラー服を着た女子高生で、およそこちらに危害を加えてくるようには見えなかったせいかもしれない。

千早は源之助に向かって、『道に迷っていますね？』と言ったそうだ。

「私たちの車がぐるぐる同じところを回っているから声をかけてくれたんだろうと、そう思った。だから素直にそうだと答えたら、こう言われたよ」

『迂回することをお勧めします。この道は通らない方がいいです』

なぜだ、と尋ねた源之助に、千早は真剣な顔で言った。

『だって、この道では目的地に辿り着けないんでしょう？　あなたの隣にいる人が、そちらに行かせまいと邪魔をしているんです。素直に従った方がいいと思いますよ』

何を訳のわからないことを、と思った。しかし千早と別れた後も、車は一向に目的地に到着しない。しびれを切らし、千早に言われた通り迂回すると、今度は問題なく目的地に着いた。あれだけ同じ場所をぐるぐると回っていたのはなんだったのかと思うほどに。

「その夜、家に帰ってテレビをつけたら、踏切を越えた先で土砂崩れが起きたとニュースから流れてきた。私たちが使おうとしていた道だ。車が何台も土砂に呑まれたと聞いたときはぞっとしたよ。時間的にみても、あのとき迂回していなければ私たちも土砂の下敷きだったはずだ」

「てことは、あいつは土砂崩れが起こることを知ってた……ということですか？」

源之助はちらりと銀次を見て「あいつではなく、東四柳さん」と訂正してきた。銀次は慌てて口を閉ざし、失礼しました、と深く頭を下げる。銀次から見れば可愛げのない女子高生でしかないが、源之助にとっては命の恩人だ。口の利き方には気をつけよう。

銀次の素直な態度に目を細め、源之助は改めて銀次の問いに答えた。

「お嬢さんは単に、私たちが道に迷っているのに気づいただけだと思う。あの道をまっすぐ行けば悪いことが起こるとわかっていたのは、私の隣で車を引き留めていた人物だろう」

「そういえば誰なんですか、その、隣にいた人ってのは？」

源之助は目を伏せて、さあ、と首を傾げる。

言いにくい相手なら詮索するべきではないかと思ったが、源之助の口から出てきたのは思いもよらぬ言葉だった。

「あの日、後部座席に乗っていたのは私一人だったからね」

「へ、でも……」

「隣には、誰もいなかったんだよ」

隣にいる人が邪魔をしている、と千早は言った。一人で後部座席に座っていた源之助の目をまっすぐに見て。

「さて、あのお嬢さんには誰が見えたんだろうね」

銀次は無言で源之助の顔を見返して、次の瞬間、さっと体から血の気が引くのを感じた。

源之助は、『あのお嬢さんには何かが見える』と言った。

何かというのは、つまりそういうことか。人ならざるものが見えるということか。

背筋をぞぉっと悪寒が走り抜ける。この手の話題は苦手だ。ただでさえ押入れの物音で悩んでいたというのにタイミングが悪すぎる。震えそうになる手を必死で握りしめた。

源之助はそんな銀次の反応には気づいていない様子で、のんびりと続ける。

「ただの偶然かもしれないとは思ったが、結果として私はお嬢さんに命を救われたわけだ。だからすぐ、ドライブレコーダーに残っていた映像を手掛かりに、彼女の居場所を突き止めた。一言礼を言っておくべきだと思って」

相手は一般の女子高生だ。金一封など届けては驚かれるだろうと、源之助は菓子折りを手に千早の家を訪ねたらしい。応対した両親は戸惑っていたが、当の千早は突然現れた源之助を見ても驚くそぶりを見せなかったそうだ。

「なかなか肝の据わったお嬢さんだと思ったら愉快になってきてね、戯れに尋ねたんだよ。『私の隣にいる誰かは、今日は何も言っていないかい？』と」

それに対して千早は『この後どこかにお出かけする予定があるなら、やめておくべきだと思います』と返したそうだ。理由を尋ねたが『私にはわかりません』と首を横に振る。

『でも、隣の方は止めたがっています』

すっかり面白くなってしまった源之助は、千早の言葉に従うことにした。

「本当ならお嬢さんの家を訪ねた後、組合に顔を出す予定だったんだ」

青い顔で相槌を打っていた銀次の顔が強張った。まさか、と源之助の顔を凝視する。

「そうだ。荒鷹組が乗り込んできて、銃を乱射したあの組合だ」

銀次はごくりと喉を鳴らす。それならまだ記憶に新しい。去年の十月の出来事だ。

松岡組では、年に数回組合が開かれる。一口に松岡組と言ってもその末端組織は多岐にわたるため、組合でそれぞれの組織の近況報告が行われるのだ。とはいえ半分は慰労会に近く、報告会の後はホテルの会場を一つ借り切って立食形式の食事が行われる。

本来なら組長である源之助も必ず参加するのだが、そのときは千早の言葉に従い出席を見合わせた。

その会場に、部外者である荒鷹組の構成員が乗り込んで銃を乱射したのだ。

あの時はかなり大きくニュースでも取り上げられた。二人組の犯人は即座に取り押さえられ、幸い死者も出なかったが、二人は明らかに上座を狙っていたそうだ。例年、上座には源之助しか座らないことを考えれば、彼らが誰を狙ったのかは明白だった。

「かなりずさんな計画だったし、あの場に私がいたとしても命までは取られなかったかもしれない。でも、万が一ということもある。そういう意味では、私は二度もあのお嬢さんに命を救われたことになるんだな」

銀次は相槌を打つのも忘れ、呆然とした顔で源之助を見詰める。

ならば千早は、本当に源之助の隣にいる誰かの声を聞いて、源之助の危機を察知したということだ。考えて、そっと源之助の肩の辺りに視線を滑らせた。

――今もそこに、いるのだろうか?

車内の温度が急に下がったような気がして、銀次はぶるっと体を震わせた。

わかりやすく青ざめる銀次の顔を楽しそうに眺め、源之助は肩を竦める。

「お嬢さんに何かが見えるらしいというのは、そういうことだ。だが、荒鷹組の連中はそうは思わなかった。あのお嬢さんが、荒鷹組の計画をあらかじめ知っていたのではないかと疑っているようだ」

「え、でもそんな、どうやって……？」

「その方法を知りたくてお嬢さんをつけ回しているみたいだな。大方、外部に情報を漏らした人間がいるのではと疑って、そいつをあぶり出そうとしてるんだろう」

呟いて、源之助が窓の外に目を向ける。スモークの貼られた窓の向こうには、銀次の住むアパート周辺の景色が流れていた。車に乗ってどこに連れていかれるのかと思ったが、話をしている間ずっとアパートの周りをぐるぐる回っていただけらしい。

「荒鷹組の人間が疑っても、私はお嬢さんの力を疑わない。土砂崩れからも私を救ってくれたんだ。あれは、人知をもってしては予測できなかったはずなのだから」

車がゆっくりと停止する。アパートの前だ。すぐに助手席から黒服の男が降りてきて、後部座席のドアを開けた。話はこれで終わりということだろう。

銀次はまだ源之助の話を半分も消化できないまま、それでも携帯電話の礼だけは述べて車を降りる。地面に足を下ろすと同時に、背後から源之助の声がかかった。

「あのお嬢さんは私の命の恩人だ。お前もそのつもりで彼女を護衛するように」

源之助は口元に淡い笑みを浮かべていた。けれどこちらを見据える目は笑っていない。不手際など起こしたら、申し開きの余地もなく相応の処遇を受ける。そう覚悟するに足る目だ。

車を降りた銀次は、源之助に向かって直角に腰を折る。後部座席の扉が閉まり、車が走り去って見えなくなるまで頭を上げることはなかった。

視界に映るのはコンクリートの地面と、履き潰したスニーカー。その横にぽつりとしずくが落ちて小さなシミを作った。

額から滴った汗を拭うこともなく、銀次はぎこちなく体を起こす。源之助を乗せた車はすでに影も形もない。無自覚に詰めていた息をようやく吐いた。

たかが女子高生の護衛などと侮っていたが、違った。

むしろ大変な仕事を申し付かったのだとこの期に及んで理解して、銀次は青ざめた顔で唾を呑み込んだ。


源之助がわざわざ訪ねてきてくれたことで、千早の護衛に対する心構えも変わった。

とはいえやっていることはこれまでと変わらず、朝早くから千早の家の周りをうろうろして、千早の登下校に付き添い、夜は家の明かりが落ちるまで周辺を警護するだけだ。

登下校中はもう遠慮なく千早の数歩後ろを歩くようになった。他の生徒にじろじろ見られることもあるが、当の千早は振り返りもしない。

これでは千早の友達が声をかけられないだろうかと案じたこともあったが、そもそも千早は誰かと連れ立って歩くタイプではないらしい。距離を取って歩いていたときも千早に声をかける生徒はいなかったし、帰るときも必ず一人で校門から出てくる。

部活に入っていない千早の下校は早い。そのまままっすぐ帰る日もあるが、学校の向かいにある公園に立ち寄ってから帰ることの方が圧倒的に多かった。ベンチに腰掛け、日暮れ近くまで本を読んでいる。

公園内にはいくつかベンチが並んでおり、銀次は千早が座るベンチの一つ隣に腰を下ろして護衛をするようになっていた。千早は当然視界の隅に銀次の姿を認めているはずだが何も言わない。

一度は銀次に食って掛かってきただけに、ストーカーだ変質者だと騒がれて警察沙汰になるのも覚悟していたのだが、こんなふうに放置されて拍子抜けした。

千早の護衛を開始してから丸一週間が経過したが、今のところ特に変わったこともなく、さすがの銀次も暇を持て余している。警戒は抜かりなく続けているが、荒鷹組らしき怪しい影も見受けられない。

ベンチの背凭れに寄り掛かり、銀次は頭上の木々を見上げる。この場所は公園というより遊歩道と言った方が近く、ベンチと噴水があるばかりで遊具の類は置かれていない。やってくるのは散歩やスケッチを楽しむ大人が多く、あまり子供の姿は見かけなかった。

静かな園内でぼんやりしていると、うっかり眠くなってくる。最近あまりよく眠れていないからなおさらだ。

葉擦れの音を聞いていたら瞼が重くなってきて、銀次は慌てて身を起こした。顔でも洗ったほうがよさそうだ。立ち上がって千早の前を通り過ぎたが、千早は本から目も上げない。

ふん、と鼻を鳴らして水道へ向かう。千早を護衛するのは源之助と沢田のためであって、千早に感謝してもらいたいわけではないが、それでもこんなに露骨に無視されるとちょっと面白くない。

公園の入り口に設置された水道の蛇口を勢いよく捻り、両手で水を受け止めて顔を洗う。春先の水は冷たく、頭の中心を覆っていた霞のような眠気を追い払ってくれた。顔から滴る水をジャケットの袖口で拭い、ベンチの方を振り返る。

ベンチには千早の姿がある。相変わらず本を読んでいる――と思いきや、ページから顔を上げていた。しかも千早の前には、二人組の男が立っている。

銀次は鋭く息を呑む。まさか荒鷹組の人間か。銀次は猪のような勢いでベンチに突進すると、千早の前に立つ男の肩を後ろから摑んで引き寄せた。

後ろによろけた男性が、振り返って目を見開く。まだ若い。大学生くらいか。その顔が一瞬で恐怖に染まった。隣にいた男も、銀次の凶悪な面相を見て小さく悲鳴を上げる。

「うせろ！」

銀次が一喝すると、二人は子ウサギのようにぴょんとその場に飛び上がり、一目散に公園から走り去った。

銀次は眉間に深い皺を刻んで千早を見下ろす。

「なんだ、あいつらは！」

千早は膝の上で本を開いたまま、無感動に銀次を見上げて「ナンパ」と答えた。

「いつも公園にいるけど何してるの、お茶でも飲みに行かない？　って言われた」

「いつもって……思いっきり目ぇつけられてんじゃねぇか！　危ないだろ、早く帰れ！」

相手が荒鷹組でなくとも、万が一千早の身に何かあったら大事だ。

千早はうるさそうに眉を寄せ、また本へと目を落とした。

「余計なお世話」

「またああいう奴らに絡まれたらどうすんだ!?」

「どうにかする。それより、仕事の邪魔になるから静かにして」

「……仕事？」

いつの間にか千早が自分に対して敬語を使わなくなっていることに引っかかりを覚えたが、それ以上に気になる単語が飛び出して言及することを忘れた。

「公園で本を読むのが仕事か？」

「今は依頼人が来るのを待ってるだけ。店番も立派な仕事の内でしょ」

「店番って、なんの店だよ」

ページに視線を落としていた千早が本を閉じた。まっすぐに銀次を見上げ、短く答える。

「心霊相談所」

「……はっ？」

「東四柳心霊相談所。私、所長兼霊能力者」

「霊……」

銀次は口をつぐむ。真顔で何を言うかと思ったら、と笑い飛ばせたらよかったのだが、源之助から妙な話を聞いたせいか、鼻で笑って聞き流すことができない。

正直言うと、ぞっとした。この手の話題は苦手なのだ。

しかし怯えていることを千早には悟られたくない。銀次は口元に無理やり笑みを浮かべると、千早の隣にどかりと腰を下ろした。

「……で、その心霊相談所ってのは具体的にどんな仕事をしてんだ？」

うっかり声が裏返りそうになって咳払いでごまかした。千早はそれに気づいているのかいないのか、淡々とした調子で応じる。

「相談料は一回五百円。その後の処置については別途料金が発生。除霊は三千円、交霊は五千円」

「胡散臭ぇ」

ぼそりと呟くと、千早が珍しくむっとしたような顔をした。

「胡散臭くない。その辺の詐欺師と一緒にしないで」

「だって信じられねぇよ。霊能力者なんて」

銀次は肩をゆすって笑ったが、自分でも声が掠れているのがわかった。信じられないというより信じたくないと言った方が正しい。

千早は銀次の横顔をじっと見詰めると、妙に冷静な声で「そう」と言った。

「だったら、貴方のこと霊視してあげる」

銀次は全身を硬直させる。やめろ、と思ったが、今更引き下がれない。痙攣しそうな口元を無理やり弓なりにして、「やってみろ」と促す。

千早は真顔で銀次の顔を凝視すると、靴の爪先で地面に何か描き始めた。ここのところ雨が降っていなかったせいか公園の地面は白く乾いて、黒いスニーカーの爪先が白くなる。

千早が地面に描いたのは、横長のシンプルな長方形だ。真ん中より左寄りに縦線を描き足し、千早は長方形の左上の角を爪先で示した。

「ここが玄関」

「……なんだ、部屋の間取りか？」

「そう。こっちがお風呂で、こっちはトイレ。ここは台所」

千早は爪先で次々と間取りを書き込む。

「台所には廊下に面した窓が一つ。一階で、庭に面した窓は掃き出し窓。直接外に下りられる。庭には物干し台があるけど、物干し竿はない」

話を聞くうちに、だんだん銀次の表情が強張ってきた。千早の語る間取りに覚えがありすぎる。これは間違いなく、銀次のアパートだ。

千早は間取りにもう一本線を描き入れ、「ここが押入れ」と言う。

それきりぷつりと言葉を切った。

「……おい？」

間取りを見下ろしたまま急に黙り込んだ千早を見て、妙な胸騒ぎを覚えた。

なんだ、何か言え。そう思うのに、同じくらいの強さで、駄目だ、言わないでくれとも思った。

千早はしばらく無言で間取りを見下ろしてから、身を屈めて地面を指さした。すらりと伸びた人差し指が示したのは、押入れだ。

「ここ、なにかいる」

不穏な言葉に、心臓が一瞬でリズムを崩した。何かってなんだと思う反面、心のどこかで、やっぱり、とも思ってしまった。

一〇三号室は未だに玄関の郵便受けにテープが貼られたままで、窓にカーテンがかかった様子もない。もちろん廊下に洗濯機が置かれることもなく、誰かが住んでいる気配はないままだ。

それなのに、一〇三号室側にある押入れからは音がする。

ぎぃ、ぎ、かり、と。

立て付けが悪いからだ、空耳だ、と必死で自分をごまかしてきたのに、千早の一言でこれまでこらえていたものが決壊しそうになった。

唇を震わせて足元の間取りを凝視していると、頰に視線を感じた。横を向くと、千早が無言でこちらを見ている。

そのとき自分は、いったいどんな顔で千早を見返したのだろう。

それまでほとんど表情を変えなかった千早の顔に、一瞬だけ痛ましいものを見るような色がよぎった。と思ったら、千早は靴の裏でざっと間取りを消してしまう。

「なんて、冗談」

「……冗談？」

靴が砂で白くなるのも構わず、千早は地面を足で掃き続ける。

「そう。貴方が住んでるの、旭アパートでしょ？」

「なんで知って……」

「貴方の携帯を壊した日、松岡さんからメールで連絡があったから。貴方が私の護衛してることとか、貴方の名前とか、住んでる場所も教えてくれた。不審人物じゃないから警戒しなくていいって」

不審者として銀次が通報されないよう、源之助からも手回ししておいてくれたらしい。

「でも、どこまでその情報を信じていいのかわからなかったから、旭アパートをネットで検索してみたの。そうしたら不動産屋さんのサイトにヒットして、空き部屋情報があったから間取りを見てただけ」

「な、なんだ……」

あからさまにほっとした声が出てしまった。取り繕う気力もなく、安堵して顔を伏せる。

やっぱりインチキじゃないか、なんて千早をからかうことすらできない。むしろ本当に霊視をされずに済んでよかったとすら思う。

両手で顔を覆って深く息をつくと、千早が言った。

「そんなに気にしなくていいんじゃない？　古いアパートみたいだし、ネズミでもいるのかもよ」

慰めるような言葉に驚いて顔を上げる。これまで千早は銀次のことを存在しないもののように扱ってきただけに意外だった。真意を探りたいところだったが、千早はもう本に視線を落としてこちらを見ない。

「……このご時世にネズミが出るアパートってのも問題だけどな」

「お化けよりましでしょ」

独り言のつもりで呟いた言葉にもちゃんと返事をしてくれる。

お化けなんて子供じみた言葉を使ってくれたことに、なんとなく救われた気分になった。自分が怯えていたものなんて、子供だましの他愛もないもののように思えてくる。千早がそこまで計算した上でその言葉を使ったかは知らないが。

少しだけ気が楽になっていることに気づいて、銀次はスラックスのポケットに手を入れる。中に入っているのは携帯電話と財布だ。

（相談料は五百円、か）

払っておくべきか、とちらりと思ったが、胡散臭いだのなんだの言ってしまった手前、手の平を返したように礼を言うのも面映ゆい。

銀次はスラックスのポケットに手を突っ込んだまま長いこと逡巡していたが、心を決めかねているうちに千早がベンチを立ってしまい、結局五百円を手渡すことはできなかったのだった。

いつものように深夜まで千早の家の前を警護して、コンビニに寄ってからアパートへ帰る。今日の夕飯は特製明太子マヨネーズソース付きのカップ焼きそばだ。

帰るなり、銀次は鼻歌交じりで湯を沸かし始めた。いつもは台所にいても押入れが気になってそわそわと落ち着かないのだが、今日は別だ。

（そうだよな。お化けなんているわけねぇんだ。ネズミでもいたんだろ）

カップ焼きそばに湯を注ぎ、隣の部屋を振り返る。蓋の上に重石代わりの割りばしを置くと、銀次は大股で台所を横切って押入れの前に立った。

いつになく気が大きくなって、勢いよく押入れの戸を開ける。下段には買ったきり使っていない布団が押し込まれているが、上段は空っぽのままだ。

銀次は身を乗り出すと、押入れの壁をしげしげと見詰めた。ベニヤのような薄っぺらな板にはところどころシミができている。しかしネズミにかじられたような跡はない。

ふと上に目をやると、天井に隙間ができていた。目を眇めて背伸びをする。天井の板が、一部取り外しできるようになっているようだ。点検口か何かだろう。

（まさか本当にネズミでも住みついてんのか？）

銀次は押入れの上段に膝を置くと、一息で上がって膝立ちになった。少しずれていたベニヤ板をずらし、立ち上がって天井裏を覗き込む。だが、天井裏は真っ暗で何も見えない。

（ネズミの糞なんかがあっても嫌だし、一応確認しておくか）

ポケットから携帯電話を取り出し、ライトをつけて天井裏を照らした。

天井裏には、高さ数十センチの空間が広がっていた。ほこりなどは積もっておらず、ネズミがいるような気配もない。糞の類もなさそうだ。あとは等間隔に柱が並んでいるばかりである。

最後にぐるりと天井裏を照らして顔を引っ込めようとした銀次だが、その直前で動きを止めた。携帯電話のライトが照らした先に、何かある。

まだ目の端で捉えただけなのに言い知れぬ不吉さを感じ、どっと心臓が脈打った。

銀次が頭を突っ込んだ場所から、一メートルほど離れたところにある柱。そこに何かが貼り付けられている。長方形の、木の板だ。墨で何か書かれ、朱色の印が押してある。

あれは、札だろうか。魔除けのような。

瞬間、銀次の頭に浮かんだのはよくある都市伝説だ。ホテルの壁に掛けられた絵画を動かしてはいけない。その下に、お札が貼ってある場合があるから。客の目につかないような場所に札が貼られている部屋は、心霊現象が起こる部屋だ、と。

ひっと息を呑み、銀次は慌ててその場に膝をついた。天井にぽっかりと開いた闇がにわかに恐ろしくなって、必死になってベニヤ板で天井の穴をふさぐ。転がるように押入れから飛び降り、勢いよく襖を閉じた。

這うように六畳間を出て、台所に戻り調理台に凭れかかる。

心臓が痛いくらい強く脈打っていた。天井裏で見つけてしまったものを思い出すと悲鳴じみた声が漏れそうで、顔を握りつぶさんばかりの強さで口を覆う。

（……見なければよかった。あんなもん、見なければよかった……！）

天井裏に札があるなんて、もしやこの部屋は事故物件か何かだろうか。

銀次はもう、押入れのある部屋を振り返ることもできない。

恐怖で波立つ心を宥《なだ》めるのに必死で、カップ焼きそばに湯を入れたことも頭から吹き飛んでいた。ようやく焼きそばの存在を思い出したのはしばらく経ってからで、すっかり伸びてしまった麺を暗い表情ですする。

それでもまだ食欲があるだけましだと思ったが、空の器を捨てる段になってようやく、自分が青のりどころか特製明太マヨソースすら入れていなかったことに気づいた。

まるで冷静でない自分を目の当たりにしたようで、銀次は震える溜息をついた。


金曜の夜、携帯電話に沢田から連絡が入った。先週と同じく、土日は別の人間に千早の警護を任せるので休みにしてもいいという。しかし銀次はそれを断った。

『社長直々の仕事で気張ってるのはわかるが、休みも取らないと倒れるぞ』と沢田は言ったが、それでも銀次は土日も千早の警護をさせてほしいと頼み込んだ。沢田からは仕事熱心だと評されたが、単純にアパートにいたくなかっただけだ。

押入れの天井裏で木札を見つけてしまってから、銀次は押入れの襖を開けることはおろか、六畳間に足を踏み入れることもできなくなってしまった。おかげで今は台所に寝袋を敷いて眠っている。

台所は、床が硬いだけでなくひどく冷える。寝心地が悪い上に、今まで以上にちょっとした物音に過敏になってしまって、この三日ほどまともに睡眠をとっていない。

土曜日の朝、携帯電話のアラームが鳴ると同時に銀次は身を起こした。時刻は六時。台所は冷え切って、銀次の体も爪先まで冷えている。体の節々が鈍く痛み、顔を顰めながら立ち上がった。

体は疲れ切っていたが、それでもアパートを出るとほっとした。いつものようにコンビニで朝食を買い、千早の家の近くをぶらぶらと歩く。

八時を過ぎても家からは誰も出てこない。学校も会社も休みなので、家族でのんびりしているのだろう。もしかしたら千早は一日中家にこもって出てこないかもしれないが、それでもよかった。あんな得体の知れないアパートに閉じこもっているよりましだ。

そうして昼過ぎまで警護を続けていたら、午後になって千早が出てきた。

土曜日にもかかわらず、千早は制服を着ていた。肩からカバンを下げ、学校に行くのと変わらぬ格好で駅へ向かう。

どこへ行くのかわからずついていくと、千早は駅前のコンビニに立ち寄り、何かを買ってすぐ出てきた。そのまま駅を通り過ぎ、河原沿いを歩いて、やってきたのは学校の前の公園だ。

公園に入るとすぐ、千早は空いているベンチに腰を下ろす。銀次も後に続いたが、休日の公園は存外混んでいて他に空いているベンチがなかった。仕方なく、千早の座るベンチの端に腰を下ろした。千早は横目でこちらを見たものの、特に声はかけてこない。

寝不足がたたってぼんやりする。見るともなしに千早を見ていると、千早がコンビニの袋から楕円型の小箱を取り出した。掌に載るサイズのピンクの箱に、白いレースや宝石のイラストがプリントされている。蓋を取ると、中にはパステルカラーのチョコレートがぎっしりと詰まっていた。

千早は携帯電話を取り出して熱心に菓子の写真を撮ると、今度はＳＮＳに写真を投稿し始めた。

「……やっぱりお前も女子高生だったんだな」

気がついたら、口に出して呟いていた。胸の内で留めておくつもりだったのに、普段より格段に意識が朦朧としている。千早がこちらを見たので、すまん、と片手を立てた。

「聞き流してくれ。別に、悪い意味で言ったんじゃない」

「じゃあ、どういう意味で？」

切り返され、銀次はベンチの背凭れに身を預けた。上向くと、木々の間から日差しが落ちて眼球を貫く。

「お前は最近の女子高生っぽくないなって、ずっと思ってただけだ。友達とつるんでカラオケやらファーストフード店に行くわけでもねぇし、化粧もしなけりゃ髪も染めない。真面目一辺倒かと思ってたが、さすがにインスタ映えは気にするか……」

覇気のない調子で喋る銀次をしばらく眺め、千早は携帯電話に視線を戻す。

「まあ、華やかな写真をアップした方が人目に留まりやすいから」

「前々から思ってたんだが、そういうので人目に留まってどうすんだ？」

口にしてから、この言い草では千早の機嫌を損ねるか、と思い至った。本当に頭が回っていない。後悔したが、千早は気にした様子もなく銀次に画面を向ける。

「目に留まったら仕事が増える。このアカウント、うちの相談所のだから」

「……相談所って」

「東四柳心霊相談所。所員は私一人だけど」

見れば確かにアカウント名は東四柳心霊相談所だ。ご用命はこちらまで、というアドレスもついていた。女子高生がビジネス用のアカウントを持っていることに驚き、銀次は再びベンチに凭れかかった。

「マジで仕事してんのか……」

「そう。事務所はないから、ここで依頼人を待ってる」

「じゃあ、前にここでおっさんから金もらってたのも」

「依頼料。あの時は、後払いになってた分をもらっただけ」

千早は携帯電話をスカートのポケットにしまうと、SNSにアップしたばかりのチョコをぽりぽりと食べ始めた。中にアーモンドが入っているらしく、小気味のいい音がこちらまで聞こえてくる。

「食べる？」

横から千早が手を伸ばしてきた。指先に淡い水色のチョコをつまんでいる。銀次は短く礼を言ってそれを受け取ると、口に放り込んでがりがりと嚙み砕いた。疲労困憊した体に、甘いチョコレートがゆっくりと染み込む。

「ひどい顔」

千早が銀次の顔を覗き込んでくる。普段は銀次と視線を合わせようともしないのに。

銀次は自分の頰に手を当て、「そうか？」と首を捻る。

「ひどいよ。具合悪いなら護衛なんて別の人に代わってもらえばよかったのに」

「そうもいかねぇよ。組長直々に頼まれたんだ」

「組長に何か弱みでも握られてるの？」

ちげぇよ、と銀次は力なく返す。きっと一週間前だったら烈火のごとく怒って千早の言葉を否定しただろうが、今はそんな気力もない。

「帰る場所も行く当てもない俺に声をかけてくれたのは、組長だけだったんだ。あの人は俺の命の恩人だ」

「家出でもしたの？　意地張らずに家に帰ってればヤクザにならなくて済んだのに」

「……帰れるわけないだろ、あんな家」

溜息混じりに呟いて深く目を閉ざす。一瞬、ゴミで溢れ返る実家の光景が目の裏をよぎった。帰れないし、帰りたくもない。

傍らでは、千早がポリポリとチョコを食べている。一定の間隔で繰り返される音に耳を傾けていると意識が遠ざかりそうだ。アパートに戻ると緊張してしまって眠気など感じないのに、こうして公園のベンチで目を閉じていると柔らかな睡魔が瞼を撫でる。

ふっと意識が遠のいた、そのときだった。

「もしかして、つかれてるんじゃない?」

やけに近くで千早の声がして、銀次はうっすらと目を開ける。

「そうだな……疲れてる」

「違う。憑かれてるんじゃないかって言ってるの」

何やら話が嚙み合わず首を傾げれば、千早が身を乗り出してきた。

「私に依頼してみる? 憑かれてるなら除霊してあげてもいいけど」

「除霊って……」

千早の言葉を復唱して、ようやく『憑かれている』という文字が頭の中で正しく変換できた。ぞっとして、銀次は千早から距離を取るように身をよじる。

「まさかそんな、し、信じられるか……っ」

大声を出したつもりだったが、意に反して腹に力の入っていない声しか出なかった。

「そう？　信じないなら別にいいけど」

千早はあっさりと引き下がり、またポリポリとチョコを食べ始めた。小さな箱に入ったパステルカラーのチョコは、すでに半分近く減っている。

銀次は無言で箱の中のチョコに目を落とした。ピンク、水色、玉子色。千早の指先につままれて、チョコがどんどん減っていく。とうとう最後の一個がつまみ上げられたとき、銀次は何かに急かされるような気持ちで口を開いた。

「本当に、何かいるのか……？」

チョコの箱から顔を上げると、千早が最後の一粒を口に放り込んだところだった。ポリポリとチョコを噛み砕く千早に、銀次は重ねて尋ねる。

「前に、うちの押入れに何かいるって言ってたな。実は……押入れから妙な音がするんだ。最初は隣の部屋の音だと思ったんだが、隣は誰も住んでない。その上、押入れの天井裏に、木の札みたいなもんが置いてあった」

誰に相談することもできずにいたことを、とつとつと千早に打ち明ける。

「……俺も、何か、いるような気がして」

怖い、と口に出しかけて、最後のプライドで踏みとどまった。

千早は菓子箱の蓋を閉めると、それをカバンの中にしまって銀次に膝を向ける。

「いるなら祓ってあげる。除霊は一回三千円。プラス相談料五百円」

どうする？　と尋ねられ、銀次は両手を膝に置いた。

「――頼む」

深々と頭を下げる。もう何日もまともに眠っていない銀次の精神は限界が近かった。千早が本物の霊媒師なのか違うのか、そんなことは些末な問題でしかない。

この状況を打破してくれるのなら、もうなんだってよかった。

銀次の案内で旭アパートにやってきた千早は、外観を見るなり「古いね」と言った。それ以外は特にコメントもないらしく、大人しく部屋の前までついてくる。

銀次は部屋の鍵を開けながら、隣の一〇三号室を顎でしゃくった。

「音はあっちの部屋から聞こえてくるんだ。でも、誰も住んでない。廊下に洗濯機も置かれてないだろ」

「洗濯機なら貴方の部屋の前もないみたいだけど？」

「俺はコインランドリーで済ませてるからいいんだよ。それに、この部屋にだっていつまでいられるかわからないんだ。デカい家電なんか買えるか」

いつまたホスト寮に戻るかもわからないので、銀次は未だ冷蔵庫すら買っていない。

「それに隣は玄関の受口にテープが貼ってあるだろ。人が住んでない証拠だ」

「……確かにね」

ドアを開けて室内に入る。台所と六畳間の境目で二の足を踏む銀次を尻目に、千早は迷いなく六畳間に足を踏み入れ、押入れの前に立った。

「これが問題の押入れ？」

　尋ねられ、銀次も恐る恐る千早の後ろに立つ。

「……特に妙な音は聞こえないけど」

「四六時中聞こえるわけじゃない」

「開けていい？」

　銀次が頷くのを待ち、千早は物怖じせずに襖を開けた。押入れの天井を見上げ、あそこ、と指をさす。

「あの点検口から屋根裏を覗いたの？」

　銀次も一緒になって押入れに顔を突っ込み、天井を見上げて「ぎゃっ！」と悲鳴を上げた。以前確認した時、天井裏の闇が見えないようぴったりと閉めたはずのベニヤ板がわずかにずれて開いていたからだ。

　後ずさったら足がもつれて、畳に尻もちをついてしまった。そのまま這って押入れから離れ、反対の壁にべったりと背をつける。

「ま、前に見たときは、そこは開いてなかった！　あれ以来一回も押入れは開けてないのに！　それだけじゃない、押入れの襖もたまに薄く開いてるんだ！　確かに閉めたはずなのに、俺は開けてないのに……！」

　狭い部屋に悲鳴のような声が響く。

　取り乱す銀次とは対照的に、千早は落ち着き払った表情だ。それどころか押入れの天井を見上げ、「覗いてみてもいい？」などと言い出した。

「……お前、正気か」

「だって天井裏にお札があるんでしょ？　どんなものか見てみないと」

言うが早いか上段に足をかけ、よっ、と声をかけて押入れに上がってしまった。立ち上がり中腰になってベニヤの板をずらすと、銀次と同じように携帯電話のライトで天井裏を照らし始める。

「だ、大丈夫か……？　お札は柱にくくり付けてあったぞ。わりと近くに……」

「……あれか。確かにお札だ」

呟いて、千早が天井裏から顔を出した。しっかりとベニヤの板をはめ直し、身軽に押入れから降りてくる。

畳に足を下ろした千早は、何か考え込む様子で唇に手を当てた。

「な、なんだ……やっぱり、なんかいるのか？」

もはや隠しようもなく震える声で尋ねたそのとき。

がたっと押入れの向こうで物音がした。

銀次は飛び上がり、胸の前で固く両手を握りしめる。もう悲鳴も上がらなかった。

いつもは襖が閉まっているときに微かな音がするだけだったのに、今は襖が全開の状態で、かつてなく大きな音がした。天井裏を覗き込んだ千早に抗議するかのように。

いる。やはり何かいるのだ。もう駄目だ、この部屋に住み続けることなどできない。沢田に泣きつけば新しい部屋を紹介してもらえるだろうか。それとも自分はお役御免になって、別の誰かが千早の護衛としてこの部屋に入るのだろうか。そちらの方があり得そうだ。

銀次は祈るような格好のまま、震える声で千早に言った。

「おい、お前、俺は……っ、俺はたぶん、お前の護衛を外れるから……っ、だから、次の奴には、あんまりつんけんすんなよ……！」

最後だからと、前々から思っていたことを震える声で千早に伝えた。

千早は少し驚いたような顔で、身を屈めて銀次の顔を覗き込んでくる。

「私の護衛、やめるの？」

「だってこんな部屋住み続けられねぇだろ……！　それよりお前、あんまり大人を怒らせるなよ！」

「最後の最後でお説教？」

うるさそうな表情で銀次から顔を背けようとする千早に、「違う！」と吼えた。

「お前な、お前なんて、たかが十代の小娘なんだよ！　俺が本気出してみろ、腕力じゃ適わねぇぞ！　前に公園でナンパしてきた奴らも、俺より断然小柄だったがそれでも力じゃ負けるんだ！　だから無理して一人で立ち向かおうとすんな！　逃げるなり周りに助けを求めるなりしろ！　あと、明らかに堅気じゃない車の窓とかも気安く叩くんじゃねぇ！　相手がうちの組長じゃなかったらどうなってたかわからねぇんだからな！」

これが最後とばかりまくし立てる。この数日間、千早の護衛をしながらずっと思っていたことだ。

千早は滅多なことでは動じないし、不必要に騒ぎ立てることもない。それ自体はいいことなのかもしれないが、あまりに周りに頼らなすぎる。

普通に考えれば、ヤクザの組長に無理やりアドレスを教えられ、銀次のような強面が毎日後ろからついてきたら、警察に連絡するなり両親に相談するなりするはずだ。だが、そのどちらも千早はしていないように見えた。

今日だってなんの躊躇もなく銀次の部屋に来た千早に、内心では驚いたのだ。お祓いをしてほしいと頼んだのはこちらだが、こんなに簡単に一人暮らしの男の部屋までついてきて大丈夫なのか。まさか普段からこんな調子で心霊相談所の依頼人とも会っているのだろうか。

正直言うと、荒鷹組よりずっと由々しき問題だ。沢田に報告する前にこれだけは本人に伝えておこうと思いつく限りまくし立てると、顔を背けかけていた千早が目を丸くしてこちらを見た。

「何それ、私の心配してるの？」

「当たり前だ！　お前みたいな傍若無人な小娘！　いつか痛い目見るぞ！」

千早は目を瞬《しばたた》かせ、まじまじと銀次の顔を覗き込んだ。なんだよ、と銀次が睨み返すと、ふいにその表情がほどける。

「変なの」

そう言って、千早は小さく笑った。

初めて見る千早の笑顔に、ぐっと声を呑んでしまった。表情のない顔はいつも大人びて見えたが、笑うと年相応になるらしい。

千早は口元に笑みを残したまま押入れを振り返ると、襖に手をかけて中を覗き込んだ。怯える様子もなく天井を見上げ、壁を一撫でし、緩く握った拳で上段を軽く叩く。存分に点検して、再び銀次を振り返った。

「何もいないみたい」

奥歯を噛み締めて千早の言葉を待っていた銀次は、思いがけない言葉に目を丸くする。

「いや……いやいや、いるだろ！　絶対！　だって触ってもないのに天井裏の板がずれてたり……！」

「それはたぶん、風のせい」

けろりとした顔で千早は言う。

「家の中って完全に密閉されてるわけじゃないでしょ。どこかに隙間が開いていて、空気が循環してる。天井の点検口は風の影響で結構動くよ。うちも風が強い日は、お風呂場の点検口がずれてたりするし」

「か、風……？」

「そう珍しいことじゃないと思う。信じられないなら検索してあげようか？」

千早は携帯電話を取り出すと、その場で『点検口・ずれる』と検索して銀次に画面を向けてきた。ざっと目を通すと、ネットの掲示板に銀次と同じく『点検口が勝手にずれている』と訴えている者がおり、それに対して『風のせいだ』と回答する者がかなりの数いた。

一瞬ほっとしたものの、すぐに銀次は表情を険しくする。

「でも、天井裏にお札があっただろ！　あれは!?」

「あれは棟札《むねふだ》」

初めて耳にする言葉にまごつく銀次に、千早はすらすらと説明する。

「建物が建てられた日とか、大工さんの名前とかが書かれてるお札のこと。建物を建築したり修繕したりしたとき、記録として木札に書き記しておくの。それを梁に取り付けるんだよ」

「……お前、なんでそんなこと知ってるんだ？」

「だってこの手の依頼、多いから。『中古の家を買ったら屋根裏から妙なお札が出てきたけれど、何か悪いものではないですか』って」

「じゃあ、あの札も結構よくあるやつなのか……」

今度こそ胸を撫で下ろそうとしたが、またしても押入れの向こうからがたっと音がして、我に返った。

「じゃあこの物音はなんだよ！　ネズミじゃねぇぞ、天井裏には動物がいたような跡なんてなかっただろ!?」

千早が口を閉ざすと、再びごとっという鈍い音がした。ほらみろ、と声を荒らげた銀次だが、これにも千早はあっさりと答えを返した。

「これ、隣の部屋の生活音じゃない？」

「まさか！　隣には誰も住んでない！　見ただろ、廊下には洗濯機だって……」

「近くにコインランドリーがあるなら洗濯機が無くても不思議じゃない」

「部屋の中も覗いてみたんだ！　本当に何もなかった、カーテンもかかってなかったし、台所だって空っぽだ！　あんなの人が住める部屋じゃない！」

「そうかな」

千早は銀次の部屋の台所に目をやり、肩を竦めた。

「この部屋も似たり寄ったりだよ。特に台所なんて、冷蔵庫もなければガスコンロすらない。でも、これまで問題なく生活できてたんでしょ？」

「それは、そうだけどよ……俺は特殊な事情があって急に引っ越してきたからこんな部屋だが、普通はもっとちゃんと物を揃えるだろ。そういうもんだろ？」

銀次は普通を知らないが、この部屋が普通でないことだけはわかる。しかし千早は首を傾げ、どうかな、と呟いた。

「人によっては、あえて物を置かない場合もあるんじゃない？」

「……は？　そんな、どんな理由で……」

「本人に訊いてみたらいいじゃない」

千早は身を翻すと、足取りも軽く玄関へ向かう。まさか本気で隣に人がいるとでも思っているのか。実際に窓から隣室を覗き込んでいる銀次にはない発想だ。

玄関を開けて廊下に出た千早は、迷いなく一〇三号室の前に立ってチャイムを押す。しかし、ドアの向こうから返ってくるのは沈黙ばかりだ。

「ほら見ろ、誰も住んでないんだよ。そもそも洗濯機も置いてないのに……」

銀次が言いかけたところで、ドアの向こうでガチャリと鍵の回る音がした。

銀次はもう今日だけで何度目になるかわからない悲鳴を呑み込む。とっさに千早の後ろに隠れてしまい、そんな己の行動に気づいて慌てて千早をドアから下がらせた。どれだけ情けないところを見せたとしても、自分は千早の護衛なのだ。

ドアノブがゆっくりと回る。本当は今にも逃げ出したかったが、がくがくと震える膝を抑え込んでその場に立ち続けた。

どんな恐ろしいものが飛び出してくるかと思ったが、ドアの間から顔を覗かせたのは痩せた男だった。銀次よりいくらか年上だろうか。

まさか本当に人が住んでいるとは思わず銀次は目を丸くする。ならば自分が見たものはなんだ。あの何もない、人の気配のない部屋は。

ドアの隙間から顔を覗かせた男は、大柄で強面の銀次に凝視されて怯んだようにドアを閉めようとする。それを、銀次の後ろにいた千早が呼び止めた。

「あの、私たち隣の部屋の者です。引っ越してきたばかりなのでご挨拶をと思いまして。それから、少しだけ貴方にお話を伺いたくて」

「……僕に、話？」

ドアの向こうから男がぼそぼそと答える。千早は銀次を押しのけ、そうです、とはきはきと答えた。

「こちらに究極のミニマリストが住んでいらっしゃるとお伺いしたので、ぜひお部屋を拝見させていただければと思いまして」


——ミニマリスト。

それは必要最低限の持ち物で暮らす人々の総称、らしい。

一〇三号室の住人は名を佐渡《さわたり》といい、千早が口にした『究極のミニマリスト』という言葉に甚《いた》く感じ入った様子で躊躇なく玄関のドアを開けてくれた。

「実は僕、以前テレビの取材を受けたこともあるんですよ。ミニマリストとして生きるっていう特集でニュース番組に。SNSで自宅の様子を投稿してたのがテレビ局の目に留まったらしくて。ほんの十分ほどだったんですけどね、こうやって身バレとかしちゃうものなんだなぁ。しかも究極のミニマリストなんて」

尋ねてもいないうちからぺらぺらと喋り、佐渡は銀次と千早を室内に招き入れた。

部屋に上がるまでもなく、玄関先から見ただけでも佐渡の部屋にほとんど物がないことは見て取れた。以前銀次が窓から覗き込んだときと同じく、冷蔵庫もなければガスコンロもなく、窓辺にはカーテンすらかかっていない。

「現代人は物を持ちすぎなんです。着替えが数着とタオルが数枚、携帯電話の一台もあれば、後はもう何も必要ないんですよ」

得意げに胸を反らす佐渡に、千早は興味深そうな顔で尋ねる。

「冷蔵庫も洗濯機も必要ないんですか」

「近くにコンビニがありますからね。コインランドリーもあるし」

発想としては銀次と同じだ。しかし、自らの意志でこういう生活をする人間がいるなんて銀次は思いもしなかった。

調子よく喋り続ける佐渡の後ろで、銀次はこそっと千早に話しかける。

「お前……この部屋に住んでるのがミニマリストだって知ってたのか……?」

「知らないけど、音がするなら人が住んでるはずだし、人が住んでるのに物がないなら、相手はミニマリストかなって思って鎌をかけてみただけ」

その読みが当たったというわけか。

何もない佐渡の部屋を見回し、なんだ、と肩から力を抜く。誰もいない隣室から音などするわけもないから、音の発生場所は押入れだ、なんて思い込んでいたのだが。

(いたんじゃねぇか、隣人が)

生活音なら問題ない。むしろ人の気配に安心する。次いで、安心なんて言葉が出てきた自分に驚いた。見ず知らずの他人の存在をそんなふうに感じるとは。人生初の一人暮らしに、存外不安を抱いていたのかもしれないと遅まきながら自覚した。

ふと横を見ると、千早がじっとこちらを見ていた。視線が合うなり、猫のように目を細めて笑う。

「よかったね？」

少しだけからかいを含んだ声に、ふん、と鼻を鳴らす。

千早の前でさんざん取り乱した後なので極り悪くもあるが、確かによかった。

銀次は両手を上に突き上げ、思いっきり伸びをすると脱力しながら言った。

「ともかく、これでここ二週間続いた妙な音の悩みから解放されるわけだな」

それまで饒舌にミニマリストの生き方について語っていた佐渡が、ぴたりと口を閉ざした。銀次を見上げ、不思議そうに首を傾げる。

「あの……ここ二週間のって……」

「ああ、ずっとこっちの部屋から物音がしてたもんで気になってな。いや、別に文句をつけに来たわけじゃねぇよ。てっきりここには人が住んでないと思ったもんだから、なんだろうなと思ってただけだ。俺は日中ほとんど家にいねぇし、多少の音は全く気にならねぇから普通に生活してくれ」

強面の自覚がある銀次は、無駄に佐渡を怯えさせぬよう精一杯の笑顔を作る。しかしあまり愛想がよくは見えなかったようで、引きつった顔をされてしまった。

長居は無用か、と銀次は踵を返して佐渡の部屋を出る。そのまま千早と共に部屋に戻ろうとしたが、なぜか千早に「先に戻ってて」と言われてしまった。

「あ？　なんでだよ？」

「ミニマリストの生き方について、佐渡さんからもう少しお話を聞きたいから。先に戻ってお茶でも入れておいてよ」

「茶葉なんてねぇぞ」

「だったら近くの自動販売機で飲み物でも買ってくればいいでしょ」

横暴だ。しかし千早のおかげで安眠が戻ってきたのだと思えば無下にもできない。顔を顰め、肩を揺らしながら廊下を歩く。

本当に飲み物を買いに行くか確かめるつもりか、千早は佐渡の部屋から半分体を廊下に出し、銀次が道路に出るまでじっとこちらを見送っていた。

＊＊＊

肩をゆすって歩く大きな体が、ブロック塀の向こうに消える。

銀次の姿が見えなくなると、千早はひょいと廊下に出た。

玄関先にはまだ佐渡が立っていて、不安そうに千早を見ている。千早はドアを開けたまま、郵便受けを指さした。

「ここ、テープが貼られたままですけど」

佐渡は一つ瞬きをすると、ああ、と掠れた声を上げた。

「そうですね、さすがに取っておかないと……」

靴を履いて外に出ようとする佐渡を制して、千早は郵便受けに貼られた養生テープをピリピリと剝がした。

「不要なダイレクトメールが入ってくるのが嫌で、敢えてふさいでいたってわけじゃないですよね？」

千早の言葉に、佐渡は小さく頷く。

「さすがにそこまでしません。何か大事なものが送られてきたら困りますし」

剝がしたテープを手の中で丸める千早に、佐渡は言った。

「まだこの部屋に引っ越してきたばかりなので、剝がし忘れていただけです。僕、昨日ここに越してきたばかりなので……」

千早は無言でテープを握りつぶすと、それを佐渡に手渡した。

両手でテープを受け取った佐渡は、青い顔で千早に尋ねる。

「あの、さっきの人が言ってたこと、なんなんですか？　二週間とかなんとか……。一昨日までこの部屋には、正真正銘誰も住んでなかったはずなんですが……」

怯えた顔をする佐渡に、千早はなんでもないことのように言った。

「お気になさらず。あの人が何か勘違いしているだけですから」

「そ、そうでしょうか……」

「でも、もしも何か気になることがあったらいつでも東四柳心霊相談所にご相談ください。

インスタもやってますから、そちらからご用命いただいても結構です」

「……え、心霊相談って」

それでは、と礼儀正しく頭を下げ、千早は佐渡の部屋を後にした。

銀次は不用心にも鍵をかけず買い物にいったらしい。玄関のドアを開けた千早は、遠慮なく銀次の部屋に上がって押入れの前に立つ。押入れの天井を見遣ると、しっかり点検口をふさいだはずのベニヤ板がずれていた。

千早は窓から外を見る。風の影響で点検口がずれることは確かにあるが、そういうときはかなりの強風が外で吹き荒れているはずだ。だというのに、アパートの脇に植えられた桜の木々はそよとも揺れていない。

ついでに言うと、点検口をふさぐ薄いベニヤ板ならまだしも、どっしりとした押入れの襖が風の力で開くかどうか。

千早は点検口の奥に見え隠れする闇を見詰める。

天井にあった木の札は、本当に棟札だろうか。棟札は通常、家の一番高いところに取り付けられる。このアパートは二階建てなので、二階の屋根裏になければおかしい。

とはいえ何事にも例外はある。棟札でないとは言い切れない。

千早は襖の引手に手をかけ、ぴったりと押入れの襖を閉めた。

身じろぎもせず立ち尽くせば、室内から一切の音が消える。冷蔵庫もなければ時計すらないこの部屋は静かだ。家電のモーターが動く低い音や秒針の音など、他愛ない生活音が圧倒的に少ない。

銀次のような怖がりならばなおのこと、四六時中音を発する電化製品の類を置いておくべきだ。それらは別の音を消してくれる。本来なら、真夜中に息を殺して耳を澄まさなければ聞こえないはずの、こんな音を。

静まり返る室内に、かり、という微かな音が響く。

長く伸びた爪で襖の内側を掻くようなそれを耳にして、ほらね、と千早は眉を上げた。

＊＊＊

「おい、買ってきたぞ！」

部屋に戻ってみると、すでに佐渡のもとから帰ってきていたらしい千早が押入れの前に立っていた。

女子高生が好む飲み物など見当もつかず、適当に買ってきたコーヒーや紅茶やジュースを抱えて六畳間に入る。こうして躊躇なくこの部屋に足を踏み入れるのも久々だ。

千早は押入れの上段にカバンを置いて、ごそごそと中を探っているところだった。

「ねえ、この押入れに荷物とか入れる予定ある？」

「あ？　布団以外は特にねぇぞ。デカい物を買う予定もねぇし」

「じゃあ、これ置いといて」

　そう言って千早が取り出したのは、ジッパーのついたビニールの小袋だ。中には白い粉が入っていて、見覚えのあるそれに思わず後ずさる。

「おま……っ、それ、まさかヤク……！」

「違うよ。ただの塩。こういうものが盛れるような小皿とかある？」

「なんだ、驚かせんなよ。小皿なんてねぇぞ。そもそも食器がねぇ」

　銀次は抱えていたジュース類を押入れの上段に置いて首を捻った。

「それより、なんで押入れに塩なんて置いとかなくちゃいけないんだ？」

　千早は再びごそごそとカバンの中を漁り、口元に小さな笑みを浮かべた。

「この家、埃っぽいから。知らないの？　お塩には埃を吸着する作用があるんだよ」

「そうなのか？」

「空気清浄機を買うより安上がりでしょ。そうだ、これあげる」

　千早がカバンから取り出したのは、出がけにコンビニで買ったチョコの箱だ。ピンクの箱にレースや宝石がプリントされたそれは、殺風景な部屋の中で場違いなほど華やかだ。

　さすがに躊躇したが、千早は銀次の反応を見ることなく箱を開け、そこに塩を盛りつけてしまった。

「……なんか、可愛すぎねぇか？」

「そう？　ちょっとくらい綺麗な色があった方がいいと思うけど」

　押入れの上段、ちょうど点検口の真下に千早は塩の盛られた箱を置く。天井を見上げてみるが、点検口をふさぐベニヤ板はしっかりと閉まったままだ。

銀次が天井を見ている間に、千早は銀次が買ってきたミルクティーを手に取った。

「この家、時計もないんだね。買った方がいいんじゃない？　あと、冷蔵庫は絶対必要だと思う。これから暑くなるんだし、ディスカウントショップで安く大量に飲み物買って、冷蔵庫で冷やしておいた方が経済的」

押入れの上段に凭れ、いただきます、と言いながら千早はミルクティーの蓋を開ける。

その姿を見下ろし、まあな、と銀次も頷いた。

「とはいえ、この生活がいつまで続くかわからねぇし」

「案外長く続くかもしれないでしょ。最初から短く終わらせようとしないでよ。どうせ護衛されるなら貴方がいい」

意外な言葉に驚いて、首を痛めるくらい勢いよく千早の方に顔を向けてしまった。

千早は涼しい顔でミルクティーを飲み、微かに目を細める。

「頻繁に人が変わると面倒だし、何より貴方、怖がりだから。この先また私の依頼人になるかもしれない」

含み笑いされ、銀次はぐぅっと喉を鳴らす。小馬鹿にされたようでむしゃくしゃして、買ってきたばかりの缶コーヒーを手に取って勢いよく栓を開けた。

「もう二度とお前に依頼なんてしねぇよ。大体、心霊現象なんて現実にはねぇんだ。ただの思い違いだ、今回はそれを痛感した」

「だといいね。とりあえず今回は相談料の五百円だけ払ってくればいいから」

「……お前、案外がめついんだな。どうせなら普通にバイトしたらどうだ？」

「うちの学校、校則でバイト禁止してるから。でも個人事業主になることは禁止されてなかった」

「そこまでして金がいるのか？」

なんのために、と思ったが、千早は「いろいろと入用なの」としか言わなかった。

「とりあえず時計、買った方がいいよ。佐渡さんみたいなミニマリスト目指してるなら話は別だけど」

「いや、別にそんなことはねぇけど……」

何を買えばいいのかよくわからない。物を増やしたら途端に実家のような惨状になりそうで怖くもある。インテリア、などという言葉とは縁遠い生活をしていたせいか、あってもなくてもいい雑貨など、どうやって選べばいいのかよくわからなかった。

千早はそんな銀次の表情を読んだように言う。

「家にあると嬉しくなるものを選べばいいんじゃない？　必要じゃなくても、目についたら楽しくなるようなもの。ああいうふうに」

振り返り、千早は押入れの隅に置かれた小箱を指さす。千早にとってはああいうピンクやレースや宝石が、あると嬉しくて、見ると楽しくなるものらしい。

銀次は改めて塩の盛られた小箱を眺めた。男の一人暮らしにはふさわしくない気もしたが、確かに綺麗な箱ではある。エメラルドだろう緑色の宝石は、遠い昔銀次が大事にしていたビー玉の色に少し似ていた。

「……まあ、そうだな。なんか探してみる」

千早は満足そうな顔でミルクティーを飲んでいる。ちゃぶ台があるのに座ることもせず、二人とも押入れに凭れかかったままだ。

今朝まで近づくこともできなかった押入れに、こんなふうに気楽に寄り掛かれることがありがたい。今夜はぐっすり眠れそうだと、銀次は小さく息を吐く。

(にしても、塩には埃を取る作用があるのか。こいつ意外に物知りだな)

銀次は素直に感心する。すっかり千早の言葉を信じ込み、自らその真偽を確かめることもしない。手元の携帯電話を使えばすぐに得られる真実は、銀次の手から零れ落ちたきりだ。

何はともあれ、千早が盛り塩を置いたその日から、押入れの奥から襖を引っ掻くような音が響いてくることは二度となかったのだった。

第二話

古い写真の中のひと

朝六時半。千早の家の警護に向かうべく玄関に向かっていた銀次は、台所の真ん中で足を止めた。画鋲で壁に付けられたカレンダーを見て、そうだった、と四月のカレンダーを破り捨てる。

今日から五月。このアパートで生活を始めて半月が過ぎた。

室内は相変わらず物が少なく、家具らしい家具は小さなちゃぶ台くらいだ。台所にはガスコンロもなく、未だに冷蔵庫すら買っていない。

それでも部屋を見回せば、少しずつ物が増えてきた実感はある。

台所に新しく増えたのはカレンダーだけではない。ゴミ箱もだ。これまでゴミはコンビニのビニール袋に入れ、直接ゴミ捨て場に放り込んでいた。それでも問題はなかったが、あればあったで便利なものだ。破り捨てたばかりのカレンダーをゴミ箱に放り込む。

千早に「買った方がいい」と言われて購入した小さな時計はちゃぶ台の上に置いてある。四角いアナログ時計は近所のリサイクルショップで売られていたもので、目の覚めるような緑色が目に留まって購入した。安物なので秒針の音がやけに耳につくが、規則正しく時を刻む音に耳を傾けていると不思議とよく眠れた。

千早に相談をして以来、押入れから妙な音が聞こえてくることはなくなった。塩の盛られたピンクの小箱もそのままにしている。

たまに押入れの点検口も確認しているがベニヤ板がずれることもなく、毎日ぐっすり眠れている。寝覚めがいいのは、寝袋ではなく布団で寝る習慣がついたせいかもしれない。

そんなわけで、今日も今日とて体が軽い。

銀次は鼻歌を歌いながらアパートを出て、日参しているコンビニへ向かった。

いつものように千早の登校に付き添い、千早が校舎に入ったのを見届けてから向かいの公園に向かう。後はベンチに座って夕方までひたすら待機。それが銀次のルーティンワークだ。

日が傾き始める頃、千早が学校から出てきた。まっすぐ公園に入ってきて、当たり前のように銀次が座っているベンチに腰掛ける。四人掛けベンチの端と端。それなりに距離はあるが、声の届かぬ遠さではない。

「今日も店番か？」

前を見たまま銀次が呟けば、千早もカバンから本を取り出し、まあね、と短く答える。

やり取りは必要最低限だが、護衛を始めた当初と比べれば千早のそばにいるのが苦ではなくなっていた。押入れの一件で、思いがけず親身になってもらったせいだろうか。

（しかしこいつも、毎日毎日飽きもせず……）

早速膝の上で本を広げ始めた千早を横目で見る。

千早は学校を出ると、ほとんど毎日と言っていいほどこの公園にやってくる。ベンチで依頼人を待つためだ。

護衛を始めたばかりの頃、一度だけ依頼人の男性から紙幣を渡されている現場を見たことがあるが、それ以降依頼人らしき人物が千早に声をかけてきたことはない。

　こんなところまで心霊相談にやってくる人物などそうそういないのだろうと思っていたら、銀次たちの座るベンチの前に誰かが立った。

　鋭い目つきでさっと視線を前に向けた銀次だが、すぐ肩の力を抜いた。そこにいたのが、千早と同じセーラー服を着た女子生徒だったからだ。長い髪を三つ編みにして、両手でカバンを握りしめている。

　本に視線を落としていた千早も顔を上げる。千早の友人だろうか。だとしたら、自分がここにいては会話の邪魔になりかねない。立ち上がろうとしたその時、千早の向かいに立つ少女が絞り出すような声で言った。

「あの……東四柳心霊相談所って、ここで合ってますか？」

　すでに腰を浮かせかけていた銀次は動きを止める。どうやら相手は千早の友人ではなく依頼人のようだ。

「本当に依頼人が来るんだな？」

　思わず千早に声をかけると、向かいに立っていた少女がびくっと体を震わせた。同じベンチに座っているとはいえ、千早と銀次の間にはそれなりに距離があるので無関係な他人だと思っていたらしい。大柄で目つきの鋭い銀次を見て、すっかり怯んでしまったようだ。

　千早は膝の上の本を閉じると、「大丈夫」と相手を落ち着かせるように言った。

「ここは東四柳心霊相談所で間違いないし、私は所長兼霊能力者。隣にいるのは私の助手。

見た目はいかついけど無害だから心配しないで」

千早の言葉に銀次は目を丸くする。いったいいつから自分は千早の助手になったのだろう。承知した覚えはなかったが、千早が横目で「合わせて」というように睨んでくるので反論の声を呑み込んだ。下手を打って依頼人に逃げられでもしたら、後から千早に何を言われるかわからない。無言で会釈をする。

「どうぞ座って。貴方は立って」

最初の言葉は目の前の依頼人に、次の言葉は銀次に向かって千早は言い放つ。

ベンチは四人掛けだが、銀次は一人で二人分のスペースを取ってしまうため、三人座るとさすがに窮屈だ。渋々ベンチを立ち依頼人に席を譲った。

少女はまだ少し怯えた顔で銀次に頭を下げ、恐る恐るベンチに腰を下ろした。

「早速だけど、最初に基本料金の説明だけしておくから。相談料は一律五百円。その後の処置については別途料金。除霊が三千円、交霊が五千円。ちなみに貴方の依頼内容は？」

慣れた調子で淀みなく料金説明をして、千早は相手に依頼内容を問う。

三つ編みを結った少女は緊張した面持ちで、膝に置いたカバンを抱き寄せた。

「あの、除霊かどうかわからないんですが……心霊写真を見てもらうことって、できますか？」

千早のもとに現れた依頼人の名は杉本《すぎもと》咲弥《さくや》。千早と同じ高校に通う一年生だ。

咲弥は部活の先輩経由で東四柳心霊相談所のことを知ったらしい。

「心霊写真のことで悩んでるって部活の先輩に相談したら、東四柳先輩のSNSを紹介してもらったんです。先輩のアカウント、校内では結構有名らしくて」

咲弥は俯き気味にそんなことを言う。

「……お前、案外有名人なのか？」

気になって口を挟むと、千早に軽く睨まれた。仕事中は黙っていろということか。それでも銀次の問いを黙殺することなく、「有名かどうかは知らないけど、依頼人の大半はうちの学校の生徒」と答えてくれた。

「それで、詳しい依頼内容は？　さっき心霊写真って言ってたけど」

「あ、はい。これなんですけど……」

咲弥はカバンを開け、花柄の洋封筒を取り出した。封筒を受け取った千早は、中から一枚の写真を取り出す。

一見して古いものだとわかる色褪せた写真だ。着物を着た男女が写っている。男性は紋付き袴、その隣で椅子に腰かけた女性は豪奢な花模様を描いた朱色の着物を着ていた。

「後ろに写ってるのは祭壇みたいだけど……結婚式の写真？」

「はい。私の両親の結婚式です。それで、ここなんですけど……」

咲弥は身を乗り出して、色打掛を着た女性の右上を指さした。

「ここに……薄く女の人の顔が写ってるんです」

銀次もベンチの後ろに回り込み、身を屈めて写真を注視する。

男女の後ろには祭壇が置かれている。中央に鏡が置かれた祭壇の左右には白い幕が張られ、その上から五色の細長い布が垂れていた。

咲弥が指さしたのは白い幕の辺りだ。目を凝らし、銀次はぐっと喉を鳴らした。

白い幕の上に、薄く女性の顔が浮かび上がっている。

幕の皺が人の顔のように見えた、などというレベルではない。目鼻の形もはっきりとわかる。顔の輪郭は曖昧で、口元に至ってはかすんでほとんど見えないが、目元だけが鮮明だ。祭壇に張られた幕の向こうから、誰かがじっとりと咲弥の両親を睨んでいるようにも見えてぞっとした。

銀次はそろそろと体を起こして写真から距離を取る。対する千早は平然と写真を眺め、咲弥に尋ねた。

「それじゃ、この写真をお祓いして、お焚き上げにすればいいのね？」

「お焚き上げって……？」

「燃やすこと」

「そ、それは困ります！」

咲弥は血相を変えて首を横に振る。

「それ、すごく大事な写真なんです。だから、霊の姿だけ消してほしいんです」

後ろで話を聞いていた銀次は眉を上げる。そんなことが可能なのか。千早の表情を窺ってみるが、無表情なので何を考えているのかよくわからない。

　咲弥は膝の上で何度も指を組み直し、写真の説明を始めた。

「両親の結婚式の写真は、それ一枚しか残っていないんです。昔、家が火事に遭って、そのとき古い写真もネガも全部燃えてしまったらしいので……。それに、父は私が小さい頃に亡くなって、もういないんです。父の写真はたぶん、それが最後の一枚じゃないかと思います」

「そりゃ大事なもんだな」

　思わず口を挟んでしまったが、今度は咲弥も怯えたような顔はせず、はい、と小さく頷いてくれた。

「それだけじゃなくて……実は、母が今度手術をすることになって、最終的な検査も兼ねて一週間ほど入院することになったんです。それで身の回りの物を届けようと思って母の部屋に入ったら、化粧台の引き出しにその写真が入っているのを見つけました。大切な写真みたいだし、病院に持っていこうかなと思ったら……」

「心霊写真だったことに気づいた」

　はい、と咲弥は力なく頷く。

「母が心霊写真に気づいていたかどうかはわかりません。でも、なんとなくそんな写真を母の病室に持っていくのは憚《はばか》られて……。その女の人、母を睨んでいるように見えませんか。なんだか母に悪いことが起きそうで不安で……」

咲弥の言葉に科学的な根拠はないが、銀次にもその気持ちはわかった。写真の中とはいえ見知らぬ女に睨まれているなんて気分が悪い。手術を控えて気が滅入っているだろうときに、わざわざこんなものを見たらますます気がふさいでしまいそうだ。

「でも父が写っている写真を見れば、母も勇気づけられると思うんです。だから、この霊だけ消してもらえないでしょうか」

咲弥は必死の表情だ。

千早はしばらく無言で写真を見詰め、軽く頷いた。

「承りました。この霊だけ消せばいいのね」

「で、できるんですか！」

咲弥が驚いたような声を上げる。銀次も千早がこんなに簡単に依頼を引き受けるとは思わず目を丸くしてしまった。

当の千早は写真に視線を落としたまま「問題ない」と断言する。

「そんなに時間はかからないと思う。明日中にお祓いをして、明後日には渡せると思うけど、明日からもう連休に入っちゃうね。休み明けの方がいい？」

「いえ、東四柳先輩さえよければ、明後日でも取りに来ます！」

「そう？　じゃあ、明後日にまたここで。一応携帯電話のアドレス交換しておくね。もしも行き違いになったら連絡して。今回は除霊だから、相談料と合わせて三千五百円。お金は明後日で大丈夫だから」

「はい！　ありがとうございます！」

二人のやり取りを銀次は興味深く眺める。相談料が五百円に、除霊が三千円、交霊が五千円。妙に値段設定が安いと思っていたが、千早のメインターゲットが学生だと考えるとこれが妥当な金額か。

千早に依頼を引き受けてもらえて、咲弥はすっかり安心した顔だ。

「本当に良かったです。一枚しかない父の写真なので、私も燃やしたくなくて」

「そうだね。素敵な写真だと思う。お母さんも綺麗だし、お父さんも素敵。俳優さんみたい」

千早の言葉はリップサービスではないだろう。銀次も同じことを思っていたからだ。咲弥の母親も品よく笑っていて美しいが、それ以上に隣に立つ新郎の美貌は際立っている。銀縁の眼鏡をかけ、髪を後ろに撫でつけて微笑む顔は、映画俳優などと言われても納得しそうだ。

「親父さん、モデルでも通用しそうだな」

銀次の言葉に、咲弥は「まさか」と笑う。

「モデルなんてとんでもない。父は大学で古事記の研究をしてたらしいです。仕事に没頭すると髪もひげも伸ばし放題で、結婚式の前日は慌てて床屋に駆け込んだって母が言ってましたから」

「じゃあもしかして、貴方の名前って木花之佐久夜毘売《このはなのさくやびめ》からきてるの？」

千早の言葉に、咲弥の顔がぱっと輝く。しかしすぐにその表情は、照れ臭いような居た堪れないような、複雑なものに変化してしまった。

「先輩、古事記に詳しいんですね。なんか、恥ずかしいな……。親の欲目ってやつです。父が決めたらしいんですけど」

「いい名前だと思うけど」

「嫌ですよ。子供心にも恥ずかしくて、母に抗議しました。どうして止めなかったんだって。そうしたら母は、自分が石長比売《いわながひめ》だからちょうどいいんだって笑ってましたけど」

「どうして石長比売？　お母さん、名前が岩子とか？」

「そういうわけじゃないんですが、母はあんまり容姿に自信がないみたいで……」

「これで自信がないなんて贅沢。こんなに素敵なのに」

　写真の角をそっと撫でながら、珍しく柔らかな声で千早は言う。だが、後ろで話を聞いていた銀次にはちんぷんかんぷんだ。咲弥の名前が古事記に関係することだけはかろうじてわかったが、次々出てくる耳慣れぬ名が何を意味するのかはさっぱりわからない。

「でも、毎日使う鏡台の引き出しにこんな写真を入れておくなんて、貴方のお母さんよっぽどお父さんのことが好きだったんだね。うちの両親なんか、結婚式の写真を見せてほしいって私がせがんでも『面倒くさい』の一点張りで出してもくれないのに」

　千早の言葉に咲弥はくすりと笑い、そうみたいです、と頷いた。

「お見合いの席で、母が父に一目惚れしたそうです。本人曰く大恋愛だったらしくて、結婚にこぎつけるまでにはロミオとジュリエットも真っ青の紆余曲折があったのよ、なんてよく言ってました。父も祖父母ももういないので、実際のところはどうだったのかわかりませんが」

咲弥が物心ついた頃にはもう、存命なのは母方の祖父だけだったらしく、その祖父も半年前に亡くなっているそうだ。式に出席していた叔父や叔母は遠方に住んでいるらしく、当時の様子を聞く機会は滅多にないという。

近くに親族がいないため、母親が入院している間はアパートに一人暮らしらしいが、幸い大家である女性が親切で、毎晩様子を見に来てくれるので心細くないと咲弥は笑った。

千早に写真を渡すと、咲弥は銀次たちに礼儀正しく頭を下げて公園を出て行った。その後ろ姿を見送って、銀次は小さな溜息をつく。

「……そうは言っても、心細くないわけないよなぁ」

「でしょうね」

咲弥はつい数ヶ月前までまだ中学生だったのだ。それが急にアパートで一人暮らしをすることになり、母親も手術を控えて入院している。そんなときに不吉な写真を発見してしまって、内心はひどく動揺しているに違いない。

銀次はベンチの後ろに立ったまま、千早の手にある写真を見遣る。

「で、本当に写真に写った霊だけ消せるのか？」

「もちろん」

どうやって、と詰め寄ると、意外なことを言われた。

「気になるなら、貴方も現場についてくる？」

「現場？　なんの現場だよ、お祓いか？」

「まあ、そんなようなもの。今日はもう遅いから明日になるけど。どうせ土日も貴方が護衛するんでしょ？　興味があるなら現場まで連れていってあげるけど」

銀次は視線を泳がせる。なんの現場だかよくわからないだけに即答できない。お祓いとは具体的にどこで何をするのだろう。写真から追い出した霊が、うっかりこちらにとり憑いたりはしないだろうか。

沈黙していたら、千早が軽く眉を上げた。

「怖い？」

「馬鹿言うな！」

気がついたときにはそう叫んでいた。ほとんど反射だ。喧嘩っ早いのも、煽られると黙っていられないのも昔からだが、それを直そうとしなかったこれまでの自分を殴ってやりたい。今更撤回することもできず、銀次は呻《うめ》くような声で言う。

「明日は俺も……現場とやらに行く」

千早は青白い顔をする銀次を見て唇の端を持ち上げると「それじゃ、また明日」と言って軽やかにベンチを立った。

翌日、いつものように朝から千早の家を警護していると、昼前に千早が家から出てきた。土曜で学校は休みだが、今日も千早は制服を着ている。思えば二週間も護衛をしているのに千早の私服姿を見たことがない。

「お前、私服持ってないのか？」

早速どこかに向かって歩き始めた千早の背中に尋ねると「いちいち服を選ぶのが面倒くさいだけ」という至極シンプルな答えが返ってきた。

駅前までやってきた千早は、駅を抜けた先にある商店街へ入っていく。迷いのない足取りでやってきたのは、小さな写真館だ。店にはショーウィンドーがあり、お宮参りのドレスを着た赤ん坊や、七五三の着物を着た子供の写真が並んでいた。他にも成人式、結婚式、就職活動で使う証明写真なども撮っているようだ。

千早はためらいなく写真館の扉を開け、店内に向かって「こんにちは」と声をかけた。間を置かず、奥から眼鏡をかけた細身の男性が出てくる。四十代と思しき男性は千早を見て笑みを浮かべたが、背後にいる銀次に気づくと若干頬をひきつらせた。

「後ろの人は気にしないでください。この人、私の助手なので」

「ああ、心霊相談所の？　そうなんだ、びっくりした」

男性は表情を緩めると、銀次に向かって軽く会釈をした。

「初めまして。私はこの写真館のオーナーをしております、仙堂《せんどう》です」

銀次も、どうも、と頭を下げる。写真の除霊をするなら神社か寺にでも行くのだと思っていたのに、なぜ写真館にやってくるのか釈然としないまま。

怪訝な顔をする銀次を置き去りに、千早は仙堂と店の奥に入っていく。

「今日は予約とか入ってないんですか？」

「午前中は特にないから大丈夫だよ」

「私が処理するような写真もありませんか？」

「うん、今のところはね」

二人の会話を聞いているうちにぴんときて、銀次は千早に尋ねた。

「もしかして、この店で心霊写真みたいなもんが撮れちまったら、お前が処理するようにしてんのか？」

後ろから会話に割って入ると、仙堂が振り返って柔和に笑った。

「ええ。千早さんにはいつもお世話になってます」

せっかくですから、と仙道は千早たちを応接室に案内し、ご丁寧に茶まで出してくれた。

ガラスのテーブルを挟んで相向かいにソファーが置かれた応接室で、仙堂は二人の向かいに腰を下ろして、眼鏡の奥の目を細めた。

「千早さんのことは小さい頃から知っていたんです。七五三の写真を撮らせてもらいましたから。高校生になって久々に店に来たと思ったら『心霊相談所を始めたのですが、お困り事はありませんか』なんて言われて驚きましたが」

どうやら千早は仙堂の店に飛び込み営業に来たようだ。

「それで、心霊写真のお祓いをこいつに頼むように……？」

「そうですね。ごくまれに妙な写真が撮れてしまうことはあるもので。壁のシミが人の顔のように見えるのと一緒で、単なる勘違いかもしれないのですが、ちょっと気味が悪いでしょう。どうしたものかと思っていたら千早さんが声をかけてくれたので、お祓いをしてもらってから写真加工で消すようにしてるんです」

へえ、と感心した声を上げた銀次だが、次の瞬間、眉間にざっくりとした皺を刻んだ。

「写真加工？」

「ええ。写真のデータをパソコンに取り込んで、専用の画像ソフトで加工するんです」

「それは……お祓いじゃねぇんでは……？」

「そうですね。そもそも撮れているのは心霊写真ではないのかもしれません。でも、壁のシミだろうと服の皺だろうと、人の顔を塗りつぶすのはちょっと気分が悪いんです。でも千早さんがお祓いをしてくれると、それだけで気が楽になるんですよ。それに彼女、ソフトの使い方も熟知してますし。下手なアシスタントに任せるより出来がいいくらいに」

「そう。だから仙堂さんの依頼に関しては、お祓いだけじゃなく写真の加工費も含めて依頼料をもらってるの」

横から千早が口を挟んできて、まさか、と銀次はその顔を見下ろす。

「昨日の写真もそうやって画像ソフトで加工するつもりか？」

「そう。ソフトは高いから、仙堂さんに貸してもらおうと思って」

予想もしなかった解決法にあんぐりと口を開ければ、仙堂が朗らかに笑った。

「今日はそういう用件だったか。いいよ、いつもお世話になってるからね。午前中だったらパソコンは好きに使ってくれていい」

「ありがとうございます。それじゃ、早速お借りしますね」

千早はソファーから立ち上がり、勝手知ったる様子で店の奥へ進んでいく。

狭い廊下を抜けた先は、スチールのデスクが並ぶ事務所だ。デスクには他のスタッフが一人いて、千早を見て表情を緩めたものの、その後ろにいる銀次を見るなり顔を強張らせた。先程の仙堂と全く同じ反応だ。

銀次を警戒してか、スタッフはそそくさと事務所を出ていき、室内には千早と銀次だけが残される。

慣れた様子でパソコンの前に腰掛けた千早に、銀次は尋ねた。

「で、どうすんだ、それ」

「ネガは火事で燃えてるらしいから、とりあえず写真をスキャナで取り込んで、画像処理して、ちょっと古びた光沢紙に印刷して依頼人に返す」

「……なんでちょっと古びた光沢紙なんてあるんだ？」

「店の在庫。この写真館、創業六十年の老舗だからね」

千早は慣れた様子で写真をスキャナに入れて画像を取り込んでいる。その後ろ姿を見て、銀次はぼそっと呟いた。

「……詐欺じゃねぇか？」

千早はマウスをクリックしながら、振り返ることもせず「仕方ないでしょ」と言った。

「一度紙に焼き付いたものを消すことなんて不可能だし。私は霊能力者であって魔法使いじゃない」

「まずお前が霊能力者だってことに俺は疑いを感じ始めてるんだが」

「感じ始めてるってことは、一度は本気で信じたことがあるんだ？」

銀次に背を向けているのでその表情はわからないが、千早の口調は楽しげだ。

押入れから響いてくる異音に悩まされていたときは本気で千早の力を信じた銀次だが、今はもうわからなくなっている。どちらかというと、霊能力者を騙るただの女子高生でいてくれた方が心の平穏は保たれるのだが。

余計な口を挟むことはやめ、銀次は千早の作業を見守る。

パソコンの画面に、咲弥の両親の結婚写真が大きく映し出された。祭壇の横にかけられた幕にぼんやりと浮かび上がる女性の顔も拡大され、その表情もはっきりと読み取れる。軽く眉根を寄せた、恨みがましい表情だ。なんだか自分まで睨まれているような気分になり、銀次はそわそわしながら口を開いた。

「なあ、こういう心霊写真って結構持ち込まれるもんなのか？」

千早は加工ソフトの両脇にずらりと並ぶアイコンを迷いなくクリックし、そうだね、と軽い口調で答えた。

「写真系の依頼は多い。わざとインチキ写真持ってくる人もいるけど」

「インチキって？」

「心霊写真って、肘から先だけ消えてる写真とか、膝から下だけ消えてる写真とか多いでしょ。ああいうのは撮ろうと思えばいくらでも撮れるから」

「どうやって」

「カメラのシャッタースピードを遅くして、写真を撮る瞬間腕だけ動かすの。動いてる部位は薄くなったり消えたりする。心霊現象でもなんでもない、極度のブレだよ」

「なんだ。そういうからくりなのか」

拍子抜けするほど単純な話だ。子供の頃、夏になると毎年のようにテレビから流れてきた心霊特番を見て眠れなくなっていた自分に教えてやりたい。

「でもなんでわざわざそんなインチキ写真をお前のところに持ってくるんだ？」

「冷やかしじゃない？　スマホでも簡単に撮れるから、画像を見せて『お祓いしてください』とか言ってくるの。大抵ニヤニヤしてるからすぐインチキだってわかるけどね」

「新手のナンパか？」

「言いがかりをつけたいだけじゃないかな。私に依頼料を請求されたら、心霊写真はインチキだって種明かしして、難癖つけてくる気だと思う」

「お前それ……危ないんじゃないか？」

インチキ写真を持ってきたのが男か女かは知らないが、千早の存在を面白がって声をかけてくる者はそれなりの数いるようだ。ついつい案じるような声が出る。

「お前なぁ、相手が男だったら本当に気をつけろよ。因縁つけられてどっかに連れ込まれたらどうすんだ。ていうかあんな場所でたった一人で商売してるのがもう危ねぇんだよ。せめて防犯グッズは持ってんだろうな？」

「持ってる。強力磁石」

「あんなの相手の携帯を壊せるだけだろ？　言っとくが、あの方法だって最善じゃねぇぞ。逆上した相手に追いかけられるかもしれないんだからな」

それまで画面から一度も目を離さなかった千早が、肩越しに銀次を振り返った。器用に片方の眉を上げ、目元に笑みを上らせる。

「前も思ったけど、貴方案外心配性だよね。本当にヤクザ？」

銀次はムッと眉を寄せ、千早から顔を背けた。

「悪かったな、まだヤクザ見習いだ。でも繁華街でさんざん見回りはしてきた。お前みたいな小娘がどういうトラブルに見舞われやすいかはお前よりよっぽどよく知ってるぞ」

「別に悪口言ったわけじゃないから怒らないでよ。お人好しだと思っただけで」

「お人好しは悪口じゃねぇか？」

千早はパソコンに顔を戻し、違うよ、と言った。

ポプラ文庫ピュアフル11月の新刊

古都に息づく妖怪たち——。
人間×妖怪の男子高校生バディ！

『金沢古妖具屋くらがり堂 冬来たりなば』
峰守ひろかず

定価：本体680円（税別）

妖怪たちの古道具—古“妖”具を取り扱う不思議なお店「蔵借（くらがり）堂」。
そこでアルバイトする転校生の汀一と、実は唐傘の妖怪である時雨のバディ・ストーリー第二
妖怪祓いの眼鏡男子・小春木の登場で、くらがり堂にピンチが訪れる……！？

凸凹コンビが大活躍の第一弾、
好評発売中！
『金沢古妖具屋くらがり堂』

定価：本体680円（税別）

ピュアフル注目作品!!

インチキ占い師（男）が後宮入り!?

『こちら後宮日陰の占い部屋』
田井ノエル

定価：本体680円（税別）

10万部突破のロングセラー！
大号泣の純愛ストーリー。

『この冬、いなくなる君へ』
いぬじゅん

定価：本体640円（税別）

時を超えた約束を果たすため、
ちびっこ陰陽師がよみがえる――！

『託された子は、陰陽師!?
出雲に新月が昇る夜』
望月麻衣

定価：本体640円（税別）

呪いを解くために、
偽りの妃として後宮へ――。

『宮廷のまじない師
白妃、後宮の闇夜に舞う』
顎木あくみ

定価：本体680円（税別）

ポプラ文庫ピュアフル11月の新刊

東四柳心霊相談所
それ、霊のしわざですよ!?

青谷真未

定価：本体680円（税

女子高生&ヤクザが不可思議な事件をあの手この手で解決する!?

暴力団組員見習いの銀次は、腕っぷしは強いが極度の怖がり。
ある日兄貴分から「ある方のボディガードを頼む」との命を受け、指定された場所へ行くと、「東四柳千早」という古風な名前を持つ女子高生がいた。
彼女は「心霊相談所」なるものを開いており、「相談料五百円、除霊三千円、交霊五千円」で怪しげな商売をしているという……。

青谷真未　好評既刊本

『君の嘘と、やさしい死神』

定価：本体640円（税別）

『アンドロイドの恋なんて、おとぎ話みたいってあなたは笑う?』

定価：本体660円（税別）

定価：本体660円（税別）

「心配してくれてありがと」

銀次は目を見開いて千早を見る。だが千早はもうこちらを振り返らない。作業に集中し始めたようで口数も少なくなる。

銀次はその後ろに立って、ぎこちなく腕を組んだ。

まさか礼を言われるとは思わなかった。護衛を始めた当初は、頼んでないの一点張りでこちらに視線を向けようともしなかったのに。

自分たち以外誰もいないオフィスに、マウスをクリックする音だけが微かに響く。

（……いったいどんな顔で礼なんて言ったんだか）

千早の丸い後ろ頭を見下ろして、その表情を見られなかったのは少し惜しかったかな、と銀次は密かに思った。


作業を始めてから三十分ほどで、心霊部分を消した写真が完成した。

咲弥から借りた写真と、印刷したばかりの写真を見比べてみる。幕に写り込んでいた女の顔は綺麗に消え、だからと言ってそこだけぽっかりと白抜きされたような仕上がりにはなっていない。千早の写真加工技術は確かだ。

古い光沢紙を使っているおかげで写真自体も古びて見える。おそらく咲弥も写真がすり替わっていることに気づかないだろう。

「とはいえ、いいのか？　勝手に写真をすり替えて」

「いいでしょう。大事なのは紙じゃなくて、紙に写っている画像なんだから」

「でもなぁ……」

「もしも写真がすり替わってることに気づかれたら、ちゃんと元の写真を返却するから問題ない」

千早の態度はドライなものだ。

「で、この心霊写真はどうすんだ。除霊とかしなくていいのか？　ていうかこれ、本物なのか？」

心霊写真にはまがい物もあるそうだが、咲弥の写真はどちらだろう。千早はパソコンの前に腰掛けたまま、キャスター付きの椅子をぐるりと回して銀次の方を向く。

「どうかな、わざと作ったインチキ写真ではないと思うけど。結婚式なんておめでたい写真にそんなもの仕込む理由もないし」

「じゃあ、ここに写ってるのは……」

本物の霊、と言いかけて口をつぐむ。慌てて千早に写真を返し、むずむずと落ち着かない指先を隠すようにポケットに両手を突っ込んだ。

「し、しかしまぁ、よくとっておいたよな、こんな写真。妙な顔が写り込んでることに誰も気づかなかったか？　こんなにはっきり写ってるのに」

「……言われてみれば、確かにそうだね」

千早は虚を突かれたような顔をして、咲弥が持ってきた写真を手に取った。

「結婚式なら他にもたくさん写真は撮ってたはずなのに、どうしてわざわざこんな心霊写真みたいな気味悪いものを残しておいたんだろう？」

「他の写真は燃えちまったからじゃねぇか？　なんかそんなこと言ってただろ」

咲弥は幼い頃、家が火事になったと言っていたはずだ。しかし千早は難しい顔で首を傾げる。

「だったらますますおかしい。家が燃えて、写真の類は全部なくなったって言ってたのに、どうしてこの写真だけ残ってるんだろう。どこか別の場所に保存されてたってこと？　なんのために？」

「そんなこと俺に訊かれてもわかんねぇよ」

千早は無言で写真を見詰めた後、再び椅子を回してマウスを握った。先程パソコンに取り込んだ写真を画面に表示させ、幕に写った女の顔を拡大する。

「この顔、ちょっと新婦さんに似てない？」

いきなり画面に大写しになった心霊画像からとっさに顔を背けようとした銀次だが、千早に問われて恐る恐る画面に目を向けた。

色打掛を着た新婦は、唇が小さく、目尻の下がった大人しそうな顔をしている。その右上にぼんやりと浮かぶ顔も、若干目元が垂れていた。

「……言われてみれば、似てるな。お、でもこれ、ほくろじゃねぇか？」

銀次は身を乗り出して画面を指さす。幕の辺りに浮かび上がる顔には、左目の下にほくろがある。いわゆる泣きぼくろというやつだ。しかし新婦の目元にほくろはない。

「似てるけど、別人か」

千早が口の中で何かつぶやく。石長比売、と言ったようだ。以前咲弥とそんな話をしていたような気もするが、なんのことだろう。

尋ねるよりも早く、千早は何か思い定めた顔で銀次を振り返った。

「この写真は、このままにしておいた方がいいかもしれない」

「は？　このまま？」

「心霊部分は消さない方がいいかもしれないってこと」

「なんで。せっかく消したのに」

「なんとなくそんな気がするから」

およそ理由にもならぬことを口にして、千早は椅子から立ち上がる。わざわざ画像を加工して作った写真も、その場でシュレッダーにかけてしまった。止める間もない。

用は済んだとばかり、千早は仙堂に礼を述べて店から出ていく。

その後はどんなに銀次が尋ねても、写真をそのまま依頼人に返す意図について千早が教えてくれることはなかった。

翌日の日曜日、千早は昼過ぎに家を出て、学校前の公園へ向かった。銀次もその後をついていく。

公園のベンチには、すでに咲弥の姿があった。休日でも制服を着ている千早とは違い、咲弥はトレーナーにデニムのスカートを合わせている。

前回と同じく、ベンチには千早と咲弥が座り、その後ろに銀次が立った。

千早から手渡された写真を見た咲弥は、困惑したような表情を浮かべた。

「あの……幽霊が消えてないみたいなんですけど……」

落胆する咲弥の横顔を見下ろし、どうするつもりだと銀次ははらはらする。しかし千早は平然とした顔で、カバンからもう一枚の写真を取り出した。幕の上に写った心霊の顔を引き延ばしたものだ。仙堂の写真館でちゃっかり印刷したものである。

「ちょっとこれを見てほしいんだけど、この人に見覚えはない？」

咲弥は写真を受け取って、「さぁ……」と首を傾げる。

「貴方のお母さんの姉妹じゃないかと思うんだけど、心当たりは？」

その言葉に、咲弥だけでなく銀次まで一緒に目を見開いてしまった。

確かに幕の上に写った顔は新婦と似ている。だからといって姉か妹ではないかなんて、さすがに乱暴な推理ではないだろうか。

これでは咲弥も戸惑うだろうと内心同情したが、咲弥が驚いた顔をしたのには別の理由があったらしい。

「……確かに、母には姉がいたらしいですが」

「え、マジでいんのかよ」

千早は銀次の言葉を無視して、「姉？」と問い返す。

「妹ではなくて？」

「はい、姉……らしいです。でも、親族の集まりには一切出てこないので、私も会ったことはありません。若い頃、家を勘当されたらしくて……。伯母のことは親族のみんなもあまり口にしたがらないので、どんな理由で勘当されたのかは知らないんですが」

咲弥の話を聞き、千早は考え込むように口を閉ざした。

しばらくして結論が出たのか、体ごと咲弥の方に向けてきっぱりと言う。

「そういうことなら、やっぱりこの写真はそのままにしておいた方がいい。お母さんに返しておいて」

「このままの方が、いいんですか……？」

「うん。貴方のお母さんはもしかすると、そこに写ってるのが自分のお姉さんだって気づいてるかもしれない。だからそのままの方がいい」

釈然としない顔をする咲弥に、千早は力強く頷いてみせた。そして話はおしまいとばかりベンチを立つ。

「あ、あの、依頼料は……」

「いらない。私は貴方の依頼を叶えなかったんだから。でも、もしもその写真のことで他に何か困ったことが起きたら、そのときは遠慮なく連絡して」

それだけ言って、千早は公園を出て行ってしまう。護衛である銀次もその後を追ったが、咲弥のことが気になって一度だけベンチを振り返った。

咲弥は古い写真に視線を落とし、なんだか途方に暮れたような顔だ。

公園を出ると、銀次は我慢できなくなって千早の隣に並んだ。

「おい。よかったのかよ、あれで」

「多分ね。私はそう思ってる」

千早の横顔に迷いはない。それでも釈然としない気分は残り、銀次はなおも食い下がる。

「じゃあ、なんで依頼人の母親に姉妹がいるってわかったんだ？　顔が似てるだけだったら従姉妹って可能性もあっただろ」

「まあね。でも、依頼人のお母さんは自分のことを石長比売って言ってたから」

「そのイワなんとかってのもなんなんだ？」

「古事記、知らないの？」

銀次は渋面を作って頷く。おそらく日本の神話的なものだろうとは思うが、内容までは知らない。こんなことも知らないのか、とからかわれるかと思いきや、千早は億劫がる様子もなく説明を始めた。

「簡単に説明すると、石長比売と木花之佐久夜毘売は姉妹の女神様なの。石長比売がお姉さん。女神たちの父親は、ある男に娘二人を嫁がせるんだけど」

「二人とも嫁がせるのか？」

「そう。神話だから重婚なんて概念はない。でも男は、器量のいい木花之佐久夜毘売だけを娶《めと》って、不美人だった石長比売は父親のもとに返してしまう」

「ずいぶん素直な男だな。じゃなかった、ひどい話だな」

千早から冷たい視線を向けられ慌てて言葉を変える。

女神たちの父親は当然のごとく怒った。そして男に、娘二人を嫁に出した理由を教えた。

「石長比売を差し出したのは、男の命が岩のように永遠に永らえるように。そして木花之佐久夜毘売を差し出したのは、男が花のように繁栄するように。そういう祈りを込めていたのに、男は石長比売だけ返してきた。結果として、男の一族は短命になってしまったってお話」

「なるほどなぁ。そういやあの咲弥って子、自分の名前の由来を話すときやけに照れてたのはそのせいか」

「花のように美しい女神様から取った名前だなんて、人には説明しづらいでしょうね」

話しているうちに河原までやってきた。連休中だからか、河川敷には家族連れの姿が多い。賑やかな河原を横目に千早は続ける。

「依頼人のお母さんは、自分のことを石長比売だって言ってた。だから妹がいるんじゃないかと思っただけ。石長比売はお姉さんだから。でも、違った」

「単純に、コノハナナントカ姫だけだと短命になっちまうから、母娘で帳尻合わせるために石長比売って言っただけじゃねぇか？　花と岩が一緒なら美しく長生きできるってことだろ？」

「うん……まあ、そういう考え方もあるか」

他愛もない会話をしているうちに駅前まで戻ってきた。このまま家に帰るのかと思いきや、千早は駅前のガード下へ歩いていく。

長々と続くガード下は薄暗い。どこに行くつもりかと思っていると、ガードを抜けた先に人だかりができていた。

車の通りが少ない道の端。だだっ広い駐輪場を背に、一台のキッチンカーが止まっていた。派手な黄色い車体で、その前に女性たちが長い列を作っている。車に近づくにつれ、甘い匂いも漂ってきた。

千早が列の最後尾に並んだのを見て、銀次はこそっと耳打ちする。

「なんの店だ……？」

「クレープ屋さん。虹色のクリームで作るクレープが人気なの。インスタ映えするから、うちの心霊相談所のアカウントにもアップしておこうと思って」

「……それも相談所の宣伝のためか？」

そんな話をしている間も、銀次の後ろにまた一人客が並ぶ。

ざっと見たところ、キッチンカーに並んでいる人数は二十人ほどだ。このまま並び続けたら、三十分は待たされるのではないだろうか。

周りが女性ばかりなので、銀次の姿はかなり浮いている。居心地が悪いことこの上ないが、千早の護衛を任されている以上離れるわけにもいかない。

周囲からちらちらと飛んでくる視線に耐えて列に並び続けていると、半分以上進んだところで千早が携帯電話を取り出した。

「お母さんから電話だ」

呟いて携帯電話を耳元に当てる。その直後、銀次たちの頭上を電車が通り過ぎた。

電車の走り去る轟音が辺りを包む。「もしもし！」と声を張り上げる千早の声すら聞き取りにくい。千早は片方の耳に指を突っ込んで、ひょいと列から抜け出した。

「あ、おい……っ」

「ちょっと代わりに並んでて、すぐ戻るから」

銀次は追いかけようとしたが「せっかくここまで並んだんだから！」と言われてしまうと動けない。確かに、列に並び始めてからすでに二十分近く経過している。先頭までの人数はあと三人といったところだ。

銀次は身の置き所のない気分でクレープの列に並び続けた。千早は列から少し離れたところで電話をしている。その姿を確認しつつ、爪先で苛々と地面を叩いた。

列が少し動いたところで、前に立っていた女性が銀次にメニューを手渡してきた。順番が来るまでに注文を決めておけということだろう。メニューにはクレープの写真も載っていた。千早が言っていた虹色のクリームを絞ったクレープは店の目玉商品らしく、ひと際目立つ場所に印刷され、『おすすめ！』というシールまで貼られていた。

（……うわ、一つ九百円もすんのかよ。しかもトッピングは別料金って、あいつちゃんとわかってんのか？　とんでもない金額になるぞ）

メニューから目を上げ、銀次ははっと息を呑んだ。

視線の先、先程まで千早がいた場所に、誰もいない。

慌てて辺りに視線を走らせるが千早の姿はなく、銀次はメニューを放り出し列から飛び出した。

駅から続く一本道は、右手に駐輪場、左手にぽつぽつとマンションやクリーニング店などが並んでいて見通しがいい。しかし千早の姿は見受けられない。

駅に向かったのか、それとも逆方向に行ったのか、それすら判断がつかず慌ただしく辺りを見回していたとき、目の端を赤いものが掠めた。

振り返れば、駅前に続くガード下の暗がりで、何か赤いものが翻った気がした。

セーラー服の胸元で揺れる赤いスカーフの色だと気づいた瞬間、銀次はがむしゃらに走ってガード下に飛び込んだ。

（制服のスカーフ！）

ガード下は昼だというのに薄暗く、じめじめと湿っていて、反対の出口が遠くに見えるほどに長い。中に駆け込むと向かいから生ぬるい風が吹いてきた。妙に生臭い風だ。顔を顰めた銀次だが、ガードの中頃で千早らしき女子高生が数名の男たちに囲まれているのを見て血相を変えた。

「千早！」

千早の長ったらしい苗字など頭から吹っ飛んで、何も考えず下の名を叫んでいた。

銀次の声に気づいたのか、千早が男たちを押しのけてこちらに走ってきた。しかし駆け出したところで男の一人に腕を摑まれ、また強引に引き戻されている。

銀次は全力で走ると、男の手を振り払おうとしている千早の肩を摑んで引き寄せた。

勢い余って千早の踵が地面から離れる。それでも男が千早の腕を離さないので、遠慮なくその手首に拳を振り下ろした。

直後、男の手首がばきりと折れた。

銀次はぎょっとして腕を引く。骨が折れた、というわけではない。正真正銘、男の手首が折れて地面に落ちたのだ。息が止まりかけたが、すぐに義手だと気がついた。

(だったら今までどうやって千早の腕を摑んでたんだ!?)

義手の構造がわからず混乱する。マネキンの手のように動かないものではないのか。わからないまま、とりあえず千早を背後にかばった。

男たちは全部で三人。全員揃って黒い服を着ているが、一人はスーツ、一人はブラックデニムに黒シャツ、もう一人は黒いジャージと、服装はばらばらだ。

銀次は相手を威嚇しようと全員の顔を睨みつけ、息を詰めた。

男たちが、全員白い面をつけていたからだ。

目も鼻も口もない、のっぺりとした面はゴムのように男たちの顔に貼り付いている。自分たちの素性を知られないための面だろうか。それにしても目も鼻も穴が空いていないのはおかしい。あんな面では窒息してしまう。

うろたえて硬直していた銀次だが、男たちがじりじりと間合いを詰めてきたことに気づいて首を振った。まずは千早を安全な場所に連れて行かなくては。

銀次は近くにいた黒いジャージ男の腕を取ると、力任せにその脛を蹴り上げた。

瞬間、またしてもばきっと鈍い音がして男の脚が折れた。

肉と骨でできた人間の脚を蹴った感触とは明らかに違う、もろい木をへし折ったような感覚に混乱する。今度は義足か。どうなっている。

妙に空気が薄く感じられて、呼吸が浅くなってきた。同時に、辺りに漂っていた生臭い臭《にお》いが強くなる。苦しいのに、息を吸いたくない。低く呻くと、それまで大人しく背後にいた千早に力いっぱい背中を叩かれた。

瞬間、ふっと呼吸が楽になった。

「脚を狙って！　この場から逃げて！」

千早の言葉で我に返る。見れば義足らしきものを折られたジャージの男は、明らかにバランスを崩して脚を引きずるようにこちらに近づいてくる。

銀次は千早に命じられた通り、先程手首を折ったスーツ姿の男の膝にも蹴りを叩き込んだ。またしても木の折れるような感触があり、スラックスを穿いた男の脚が本来ありえない方向へ曲がる。もう一人のブラックジーンズを穿いた男の脚も同じように蹴り上げれば、これもまた簡単に折れた。

(全員義足……)

それにしては、千早を追いかけてくる男たちの足運びは滑らかだった。何かおかしい。そもそも、義足がこんなに折れやすい木でできているものだろうか。

薄暗いガード下で、銀次は男たちの顔を見下ろす。全員白い面をつけた男たちの顔はそれだけで異様だ。ゴムのような質感の面は、ぴったりと肌に貼り付いている。

(……いや、本当に肌に貼り付いてるなら、もっと凹凸があるもんじゃねぇのか?)

男たちの顔はのっぺりとして起伏がない。鼻の隆起もなければ目元のくぼみもなかった。

それでも男たちは、示し合わせたように銀次に顔を向ける。面には穴も空いていないのだから、銀次の姿は見えないはずなのに。

触覚だけを頼りに動く虫のようなものを連想して、背筋に冷たいものが走った。男たちから目を逸らしたいのに、動けない。

膝が震えた、その瞬間、千早が銀次の腕を摑んで走り出した。

「走って!」

千早の声がガード内に弾け、銀次も呪縛から解かれたように走り出す。

生ぬるい空気を振り切るように必死で手足を動かした。後ろから男たちは追ってきているだろうか。片脚を折ったのだから簡単には走れないだろう。そう思うのに振り返れない。

振り返ったら肩口に、あの真っ白な顔が張り付いていそうで怖かった。

駅に向かって一心に走り、銀次は千早と共にガード下を飛び出す。たちまち眩しい光が目を貫いて、賑やかな人の声が耳元に迫ってきた。

休日の駅前は人で溢れ、喧騒が波のように押し寄せる。そこで初めて、ガード下は耳が詰まりそうなくらいの無音だったことに気がついた。ガードの外はこれだけの人がいて、車も走っているはずなのに。あの静けさはいったいなんだ。

（なんだ、なんだ、何が起こってるんだ!?）

わからないまま必死で走った。途中で千早を追い抜かしてしまいそうになり、今度は銀次が千早の手を摑んで走り続ける。

やみくもに足を動かし、気がついたら学校へ向かう途中の河原まで戻っていた。

河川敷には相変わらず家族連れが多く、そこここで明るい歓声が上がっていた。それを見たらようやく人心地がついて、銀次は千早の手を離すと土手の芝生に座り込んだ。

千早も肩で息をしながら銀次の隣に腰を下ろす。

「なんだ、あれ……荒鷹組の連中か？」

「……違うと思う。電話してたら、急に後ろから肩を摑まれて、あそこまで引きずられた。口をふさがれてたから、声も出せなかった」

銀次は子供のように膝を胸に抱え、なあ、と硬い声を出した。

「さっきの奴ら、なんか……変じゃなかったか？」

ガード下で見た男たちの姿を思い出し、銀次はぶるりと体を震わせる。

全員が義足をつけ、一人は義手まで使っていた。しかも折れやすい木の義手だ。義手や義足をつけた人間というより、人のふりをした案山子と対峙している気分になった。

何より鮮烈に記憶に残るのはあの顔だ。暗がりに浮かび上がる、凹凸のない白い面。ゴムでできているようなあれをつけて、なぜ窒息しないでいられるのだろう。

脚を折られ、膝をつきながらも、彼らは一言も発することがなかった。暗がりの中をずるずると這うように動く姿を思い出し、ますます強く膝を抱き寄せる。

震えを抑え込んで返事を待ったが、千早は口を開こうとしない。何か言ってほしくて千早の方を向けば、無言で河原を見る横顔が目に飛び込んできた。

その顔が、拉致されかけた直後とは思えないほど凪いでいて銀次は驚く。

すでに呼吸も整い、落ち着いた表情で川の流れを見ていた千早は、こちらを見ずに静かな声で言った。

「あれがなんなのかは私も知らない。でも、私のそばにいたらこの先も、ああいうものに会うと思うよ」

銀次はごくりと喉を鳴らす。ああいうもの、とは、なんだろう。

「……あれは、荒鷹組の連中じゃないのか？」

「違うと思う。貴方のところの組長さんに声をかけられるよりずっと前から追いかけられてるから」

河原を一陣の風が吹き抜けて、汗で濡れた肌から体温を奪った。背中を伝う汗も急に冷たくなったような気がして、奥歯がかちりと音を立てる。

（そんな話聞いてねぇぞ）

銀次が源之助から言いつけられたのは、荒鷹組から千早を守ることだ。だが先程の男たちは、荒鷹組に目を付けられるよりずっと前から千早に付きまとっていたという。

（こいつ一体、何に追い回されてんだ？）

ようやくこちらを向いた千早の顔に表情はない。瞳は静かな色をたたえている。

何も言えずにその顔を見返していると、ふいに千早が口を開いた。

「私、子供の頃からどうでもいいことが気になるの。人が気にも留めないことも放っておけなくて、だからつい、じっと見ちゃう」

河原に顔を戻し、千早は水面に石を放り込むような調子でぽつぽつと続けた。

「壁のシミとか、天井の木目とか、テーブルの影とか。なんかちょっと変だなって思うと、目が離せなくなる。たまに目の端で何か動いたような気がすることあるでしょ？　そういうのも気になって見ちゃう。でも、普通の人ってあんまりそういうの気にならないらしいね。そもそも、ちょっと変なものとか見えないことの方が多いみたい」

千早はいったいなんの話をしているのだろう。子供が暗がりを指さして怯えるような、そんなよくある話だろうか。わからないまま、銀次は黙って千早の言葉に耳を傾けた。

「夜道を歩いてると、何かに追いかけられてる気分になることがあるの。みんな気のせいだって言うけど、貴方も見たでしょ？　ああいうものが追いかけてくる。でもあれ、どうしてか捕まえられないんだよね。警察に相談したこともあるけど、駄目だった。防犯カメラを確認してもらったら、私しか映ってなかったって言われた」

「……単にお前を追いかけてた連中がカメラの死角にいただけじゃねぇのか？」

「私もそう言ってみたけど、信じてもらえなかった。うちの両親が先に『ご迷惑をおかけしました』って警察に頭を下げちゃったから。子供の頃から私、何もないところをじっと見詰めたり、いないはずのものをいるって言ったりしてたから、いたずらの延長だと思われたみたいなんだよね」

河原で歓声が上がる。小さな子供が、父親だろう男性の膝にじゃれついて笑っている。

千早はそれを見下ろして、抑揚乏しい声で言った。

「警察に相談したのは私が中学校に上がる前だったんだけど、その後母親がノイローゼっぽくなっちゃって。だからそれ以来、変なものに付きまとわれてることは親に言ってない。自分でどうにかしようと思って、それで心霊相談所を開いたの。お金があれば、ちょっとした移動はタクシーで済ませられるし、変な奴らに絡まれなくて済む」

そんなことのために、と銀次は思う。てっきり服だとか靴だとか、自分の欲しいものを買う金欲しさに心霊相談所を始めたのかと思っていたのに。

高校生がタクシーで移動をしたいなどと言っても、親が聞く耳を持つはずもない。だから千早は自力でその資金を集めようとしている。それほど一人で外を出歩くことを警戒しているのだろう。奇妙な男たちに攫《さら》われそうになった直後だけに、千早がどれだけ深刻に悩んでいるのかは銀次にもわかる。

　河原で膝を抱える千早を見て、銀次はなんだか今更のように、小さいな、と思った。銀次よりずっと低い背丈で、薄い体で、千早はああいう妙な連中に立ち向かってきたのか。警察も親も頼ることができないまま、一人で。

　ガード下で襲ってきた男たちの真っ白な顔を思い出し、千早のことを尊敬した。あんな得体の知れない連中に追い回されたら、自分など一歩も部屋から出られなくなってしまうに違いない。

　千早は怖くないのだろうか。河原を眺めるその目は静かだ。

（静か……とは、違うか）

　千早の目は凪いでいるというより、諦観に沈んでいるようだ。どうせわかってもらえないからと、周囲に期待することをやめている。

　そのことに気づいてなんだかたまらない気分になったのは、銀次もかつて同じような顔をしていたからかもしれない。誰も守ってくれないし、誰もどうにかしてくれない。でも自力で何かをなそうとするには、十七歳は社会的に中途半端で無力だ。世間は自分たちを大人のように扱うくせに、決して大人とは認めてくれない。

　あの頃の息苦しい閉塞感を思い出し、銀次はそれを蹴り飛ばすようにぶっきらぼうな口調で言った。

「だったら、俺を頼ればいいだろ」

それまで静かに河原を眺めていた千早の表情が変わった。波のない湖に波紋が立つように、無表情だった顔に驚きが広がる。

目を見開いた千早がこちらを向く。銀次自身、柄にもないことを言っている自覚はあった。それでも、自分よりずっと年下で、家族にすら頼れない千早を放っておく気にはなれなかった。

「俺の仕事はお前を守ることだ。荒鷹組の連中も、それ以外の奴らも、お前に手を出そうとするなら全員から守ってやる。そのために俺がいるんだ、だから頼れ」

「でも……」

「相手が荒鷹組じゃなくても、お前に何かあったら俺が組長に怒られるんだよ」

千早は眉を寄せ、探るような目で銀次を見る。

「……本気で言ってるの？　あいつら、普通じゃないよ」

ぐっと喉元で息が詰まる。押入れから異音がしただけで夜も眠れなくなる銀次だ。あんな異様なものを敵に回すなんて、正直言えば絶対嫌だ。しかしここで自分が逃げ出したら、千早はどうなる。

「あれ、人じゃないかもしれないよ」

追い打ちをかけられ、銀次はきつく両目をつぶった。怖いことを言うんじゃない、と思ったが、そういう恐ろしいものと千早は対峙している。

銀次は目を開けると、喉の奥から絞り出すような声を上げた。

「それでも、俺を頼れ」

相手が荒鷹組だろうと、人でない者だろうと関係ない。こちらはもう最後まで護衛をやり遂げる覚悟を決めているのだと言外に示す。

しかし勇ましい言葉とは裏腹に、銀次の顔色はどんどん青ざめていく。額には脂汗が滲んでいるし、膝も大げさなくらい震えていた。格好なんてつけている余裕もない。またしても眠れない夜が戻ってきそうだ。

千早は銀次から一瞬も目を逸らさない。本気の度合いを探られているらしい。

顔色の悪さはごまかせなくとも、せめて口先だけの約束ではないことは態度で示そうとぐっと胸を張る。それを見て、ふいに千早が口元をほころばせた。

「……ごめん、冗談。人じゃないかもしれないっていうのは、ちょっと脅かし過ぎた」

「脅かし……？」

「うん。どこまで本気で言ってくれてるのかと思って。でも、怖いものが苦手なのにそこまで言うってことは本気なんだ」

「待て、冗談ってなんだ？　あいつらは、その……あれだろ？」

幽霊、化け物、名前がつけられず言いよどんでいると、千早が声を立てて笑った。初めて聞く、軽やかな笑い声だ。

「違う違う。昔から私、一人でふらふら人通りのない道とかに行っちゃうから変質者に目を付けられやすかっただけ。あと、霊能力者を名乗るようになってからカルト集団に勧誘されてて。さっきの連中もそれだから」

「人間なのか？」

勢い込んで尋ねると、千早は「当然」と力強く頷いた。

銀次の肩から力が抜ける。全身の関節が緩んでしまったのではないかと思うくらいに脱力して、次の瞬間、腹の底からふつふつと気力がわいてきた。

「そういうことだったらますます任せておけ！　次も追っ払ってやる！　なんだったらあのふざけた面も剝いでやるぞ！」

現金なくらい強気な態度になった銀次を見て、「ほどほどにね」と千早は苦笑した。

「そういやさっき、お袋さんから電話あったんだろ？　なんだって？」

すっかり余裕を取り戻して尋ねると、そうだった、という顔で千早が立ち上がった。

「そろそろお昼だから帰ってきなさいだってさ」

銀次も立ち上がり、二人で肩を並べて千早の自宅へ向かう。道すがら、ふと思い立って銀次は言った。

「妙な連中に追い回されてること、一応親には言っておいた方がいいと思うぞ」

「いいよ。言ってもどうせ信じてくれないし」

千早の声には少しばかり諦めたような色が滲んでいる。

「でも心配してんだろ、お前のこと。いい親じゃねぇか」

「どうかな」

「いい親だよ。ノイローゼになるほどお前のこと心配して、悩んでんだから。放り出そうと思えばいくらでも放り出せるだろうに」

千早は思いもかけないことを言われたような顔をしたが、すぐ仏頂面に戻ってぼそりと呟いた。

「親が子供を放り出すわけないでしょ。保護責任があるんだから」

「そうか？　俺は放り出されたぞ」

隣を歩いていた千早の歩調が乱れた。一瞬だけ銀次の後ろに下がり、慌てたように歩幅を広めてこちらを見上げてくる。

「放り出されたって？」

「そのまんまだ。ある日突然、アパートに俺だけ残していなくなった。うちの親父、俺が物心ついた頃からアル中で、酒が入ると手が付けられなくなるくらい暴れて家の中は無茶苦茶だったんだよ。だからお袋はずっと外で仕事してた。家にいると親父に殴られるから。でも俺が十七のときにお袋が死んで、親父は街金に手を出して、すぐに借金が払えなくなっていなくなった」

銀次はアルコールの臭いが染みついた狭いアパートに一人取り残された。

何日待っても父親は戻らず、代わりに現れたのは借金取りたちだ。

「そのまま借金取りに捕まって、建築現場に放り込まれたんだよ。ん？　これって放り出されたっていうより、売られたのかもしれねぇな？」

からりと笑う銀次を見上げ、千早はさすがに動揺したような顔になった。

「もしかして、その建築現場を仕切ってたのが松岡組……？」

「まさか！　あんなクソみたいな現場をうちの組と一緒にするんじゃねぇよ」

銀次は口調に憤りを滲ませて否定する。むしろ、あの地獄のような現場から銀次を救い出してくれたのが松岡組なのだから。

寮とは名ばかりのプレハブ小屋に住まわされ、朝から晩まで過酷な労働を強いられる建築現場から銀次が逃げ出したのは十九歳のときのことだ。

帰る場所もなく、新しい仕事の口もない。食うや食わずで行き倒れ、雨のそぼ降る繁華街の片隅にうずくまっていたら誰かに傘を傾けられた。

『酔っ払い……には見えないな。食い詰めて倒れたか？』

冷たい雨が遮られ、銀次は緩慢に顔を上げる。銀次に傘を差しだしてきたのは和装の男だった。薄暗い路地裏には表通りのネオンも届かず、相手の顔はよく見えない。それでも落ち着いた声音から、銀次よりずっと年上らしいことは伝わってきた。

輪郭もおぼろに溶ける闇の中、男は小さく笑ったようだった。

『なんだ、図体のでかいのがいると思ったら、まだ子供じゃないか』

空腹で口を動かすことすら億劫だった銀次は瞬きしか返せなかったが、内心驚いていた。

小学校を卒業した時点で身長が百七十を超えていた銀次は、実年齢より上に見られることはあってもその逆はなく、子供扱いされることなど稀だったからだ。

職場で下っ端扱いされることは腐るほどあったが、男が銀次に向けて口にした『子供』という言葉は、そういうものとは違う気がした。もう少し温かみがあって、未熟さや至らなさを責めるのではなく、許すような響きがあった。

男は踵を返し、背後に控えていた男たちに『食堂に連れていってやれ』と告げた。

その男こそ、松岡組の組長である源之助だ。

源之助の部下たちの肩を借り、銀次がやってきたのは商店街の中にある小ぢんまりとした食堂だった。もう夜も遅いというのに店には明かりが灯っていて、店内からは子供たちの声がした。

カウンター席と座敷席があり、座敷には大人が八人は優に座れるテーブルが二つ並んでいた。そこにいたのは、上は高校生から下は小学生までの子供たちだ。めいめい本を読んだり宿題をしたりしている。

後日銀次は、そこが子供食堂と呼ばれる店だと知った。様々な事情で満足に食事をすることができない子供たちのために、無料、あるいは安価に食事を提供する場所だ。当時は知る由もなかったが、そうした子供食堂も松岡組は運営していたのだった。

子供と呼ぶにはいささか大きすぎる銀次を、カウンターの奥にいた女将は温かく迎えてくれ、豚汁とおにぎりを振る舞ってくれた。

豚汁は具がたっぷりと入って、温かな湯気を立てていた。おにぎりも握りたてらしく、巻かれた海苔はぱりっとしている。

どうぞ、と女将に促され、銀次はおずおずと箸を取って豚汁を口に運んだ。

味噌汁に溶け込んだ脂の味に体が震えた。久々の肉だ。慌てて口に掻き込んで、噛むのもそこそこに嚥下する。熱い、美味い、他に言葉もなく、貪るように器を空にした。

一息ついて、おにぎりにも手を伸ばした。かじりつくと、塩気を帯びた白米が口の中でほろほろと崩れる。黙々と咀嚼していたら、カウンターの向こうで女将が笑みをこぼした。

『たくさん食べなさい。お代わりもあるから』

言われてとっさにジーンズのポケットを探った。今更だが金がない。ごまかすように、小銭すら入っていないそこに掌を押しつけていたら、女将が空になった椀を取り上げた。

『いいから、食べなさい』

そう言って、椀に山盛りの豚汁をよそってくれた。

銀次は差し出されたそれを前に、遅ればせながら両手を合わせる。いただきます、と頭を下げたら、豚汁から立ち上る湯気で視界が曇って何も見えなくなった。

『満腹』は『安心』なのだと初めて知った。そうしてみて初めて、自分がこれまでどれほど不安だったのか自覚した。カウンターにぼたぼたと涙が落ちて、食事を終えるまで顔を上げることもできなかった。

「――あの日に食ったおにぎりと豚汁の味は忘れられねぇな」

温かな湯気の向こうで笑う女将の顔を思い出し、銀次はしみじみと呟く。

隣を歩く千早は静かなものだ。相槌一つよこさない。どうせつまらなそうな顔をしているのだろうと視線を向けると、予想外に真剣な顔でこちらを見ていた。

「貴方、ヤクザの言いなりになってるただのチンピラだと思ってたけど……組長に恩返しがしたくて必死になってたんだ」

まっすぐな目に怯んで、おう、と返す声が上擦った。

「ま、まあな、だからちゃんとお前も守るぞ。心配すんな。でも、俺にだって限界はあるからな。ちゃんと親には相談しとけ」

千早は軽く眉を寄せたものの、溜息混じりに呟いた。

「……考えておく」

低い声で言って、銀次の一歩前に出る。

銀次はその後ろを歩きながら、そうだな、と返すにとどめた。銀次はただの護衛でしかない。これ以上余計なことを吹き込む必要もないだろう。もうすでに、十分余計な自分語りをしてしまった後だ。

千早はいつものように大股で歩く。ほんの数十分前に怪しげな連中に攫われかけたとは思えないほど堂々と。

まっすぐ伸びた背中を見て、気丈なもんだな、と銀次はひそかに感心するのだった。

五月の連休が終わり、久々に登校した朝。銀次は千早が校門へ入っていくのを見送ると、ぐったりと公園のベンチに座り込んだ。

(ようやく……学校が始まった)

学生時代、学校も勉強も大嫌いだった自分がよもやこんなことを思う日が来るとは。

それほどに連休中は過酷だった。インスタ映えのする食べ物を求めた千早に連れ回されたせいである。

今日は新宿、今日は渋谷、今日は原宿と、千早は精力的に銀次を連れだした。ときには銀次を長蛇の列に並ばせ、自分は木陰で休んでいることもあった。銀次の顔よりも大きなソフトクリームを買ったときは、食べきれないと言って半分よこしてきたりもした。

千早が行くのは屋台のような店ばかりで、列に並んでは立ったまま食べ、また次の列に並んで立ったまま食べと、ほとんど一日中立ちっぱなしの歩き通しだ。

「SNSのネタ、さすがに家の近所で買えるものだけだと限界があるから、一度都心に足を延ばしてみたかったんだよね」と千早は言った。これまではあまり外出をしてこなかったのになぜ急に、と尋ねれば、真面目な顔で返された。

「だって貴方のこと頼っていいんでしょ?」

――そういう意味で頼れと言ったのではない、とよほど言ってやりたくなった。

しかし、確かに、頼れとは言った。自分が口にした言葉だ。やり通そうと、銀次は連休中千早について回ったのだ。さすがに疲れたし、胃がもたれた。

そんなわけで連休が明けた初日、銀次は久々に千早のお守から解放され、ベンチでのんびり休むことができたのだった。

夕方になるといつもの時間に千早が学校から出てきた。銀次が座っているベンチの端に腰を下ろし、携帯電話を取り出して呟く。

「インスタのフォロワーが増えた。やっぱり食べ物の絵面は強いね」

「……そりゃよかったな」

まだ若干張っている気がする腹をさすっていると、公園にセーラー服姿の女子高生が駆け込んできた。

誰かと思えば、咲弥である。ぎゅっと唇を引き結び、睨むような顔でこちらにやってくる。前回の千早の対応が気に入らず文句でもつけにきたのだろうか。

何をしでかすかわからないので身構えたが、咲弥は千早の前で立ち止まるなり勢いよく頭を下げた。

「東四柳先輩、お願いします……！　あの写真を燃やしてください！」

続けて顔を上げた咲弥は、目に一杯の涙をためていた。それを見た銀次はうろたえ、慌ててベンチから立ち上がる。

「おう、なんだ、どうした、とにかく座れ、ほら」

あたふたしつつベンチを勧めると、咲弥は鼻をすりながら千早の隣に腰掛けた。

千早は動じず、スカートのポケットからハンカチを取り出して咲弥に手渡す。

「どうしたの。あの写真のことで何かあった？」

千早の落ち着いた声を耳にするや、決壊したように咲弥の目から涙が溢れた。千早から
ハンカチを受け取り、掠れた声で礼を言ってハンカチで目元を拭う。

「すみません、急に……。でも、あの写真、すぐに処分したくて……」

「どうして？　大切な写真だったんじゃなかったの？」

咲弥は大きく息を吐き、呼吸を整えてから口を開いた。

「……あの後、母に写真を渡しに行ったんです。そうしたら、次の日に母が熱を出してし
まって、手術が延期になったんです。その後もずっと微熱が続いていて、このままじゃ、
手術できなくて……」

喋っているうちにまた咲弥の声が乱れてくる。

「や、やっぱりあの写真、呪いの写真か何かだったんじゃないかと思って……。母のとこ
ろに持っていったのも、間違いだったんじゃないかって……」

「まさか」

「だって母も、これは呪いだって……！」

「お母さんが？」

咲弥は涙目で頷いて、千早に向かって深く頭を下げた。

「お願いします、あの写真を燃やしてください。除霊してください。お金もちゃんと払い

ますから……！」

千早は咲弥の背中に手を置き、わかった、と頷く。

「でも、写真を燃やす前に貴方のお母さんから少し話を聞きたい。お母さんに会うことはできる？」

咲弥は顔を上げ、はい、と掠れた声で答えた。

「夜の七時までなら、いつでも面会できます。ちょっと微熱っぽいですけど、話ができないほどではないと思うので……。病院も、ここからそう遠くないですし」

「じゃあ、明日学校が終わったら一緒に病院に行こう。少し準備をしたいこともあるし。授業が終わったらここで待ち合わせでいい？」

咲弥は濡れたまつげを瞬かせ、小さく頷く。

咲弥が落ち着くまで、千早はしばらく彼女の背中をさすったり、短い励ましの言葉をかけたりしていた。咲弥がようやく泣き止んだのは空が陰り始める頃だ。

か細い声で別れを告げる彼女を見送り、銀次たちも公園を出る。

千早の家に向かいながら、銀次は数歩前を行く千早に尋ねた。

「あれ、単なる心霊写真じゃなかったのか？」

「違うみたいだね」

「じゃあ、まさか、本当に呪いの写真……？」

銀次の声が尻すぼみになる。普段なら呪いなんて馬鹿馬鹿しいと切って捨てられるのに、実際咲弥の母親が体調を崩しているとなると話は別だ。咲弥の母親の後ろにぼんやりと写っていた女の恨みがましい顔を思い出して無口になる。

千早はそんな銀次を振り返り、淡々とした口調で言った。

「貴方はあんまりそういうこと考えない方がいいんじゃない？　また眠れなくなっても知らないよ」

「こ、この程度のことで眠れなくなったりするわけないだろ！」

むきになって言い返すと、千早の口元に微かな笑みが浮いた。

「心配しなくても明日にはわかるよ」

そう言われると、これ以上はもう追求することもできない。銀次は口をへの字に結び、無言で千早の後ろを歩く。

(まあ、こいつならそれなりに納得のいく説明もしてくれるんだろ)

そう思えば、足元が定まらないような不安に呑まれることもない。

自分より年下の女子高生に対して、いつのまにかほのかな信頼のようなものを抱き始めている。そのことを、銀次自身はまだ自覚もしていなかった。


翌日、放課後の公園に先に現れたのは咲弥だった。銀次を見てぺこりと頭を下げてくる。

もうすっかり銀次を千早の助手と認識しているらしい。

　ほどなく千早もやってきて、三人で咲弥の母親が入院する病院へ向かった。病院は、高校の最寄り駅から二駅ほど離れたところにある大学病院だそうだ。

　咲弥の母親が入院している病室は四人部屋だった。各ベッドが白いカーテンで仕切られている。咲弥は入り口に近いベッドに近づき、カーテン越しに声をかけた。

「お母さん、開けるよ？　今朝電話で伝えておいた先輩も一緒だから」

　どうぞ、と小さな声で返事があって、咲弥がそっとカーテンを引いた。その向こうにいたのは、ベッドに腰掛けた四十代後半と思しき女性だ。入院中だからか化粧もせず、淡いピンク色のパジャマを着ている。髪を短く切っているので写真と少し印象が違うが、垂れた目尻や、小さな唇などに昔の面影が残っていた。

　咲弥の母は千早の後ろにいる銀次を見て戸惑ったような顔をしたが、咲弥が小さく頷くのを見て気を取り直したのか、二人に向かって軽く頭を下げた。

「今回は、妙なことでこんなところまで来ていただいて申し訳ありません」

「いいえ。それより、お母さんのお名前は彰江《あきえ》さんとおっしゃるんですね」

　千早の視線は咲弥の母親の枕元に向いている。見ればヘッドボードに名札がぶら下がっていて、そこに『杉本彰江』と記されていた。

「早速ですが、写真のことで……」

「あ、待ってください。場所を変えましょう」

早速話を切り出そうとした千早を遮り、彰江はベッドから足を下ろした。立ち上がろうとする彰江の肩を、慌てて咲弥が支える。

「お母さん、大丈夫なの……？　熱は？」

「大丈夫、さっき計ったら平熱だったから。それより、屋上にテラスがあるんです。そちらにいきましょう」

彰江はベッドサイドのチェストから例の写真を取り出し、それをパジャマの胸ポケットに入れて病室を出ていく。同室の患者の耳を気にしたのかもしれない。

銀次たちは、彰江とそれを支える咲弥について屋上へ向かう。

屋上のテラスはウッドデッキになっていて、周囲を花壇で囲まれていた。中央にも丸い花壇があり、銀次には名前もわからぬ赤や紫の花が揺れている。

テラスには点々とベンチがあるが、銀次たちの他に利用者はいない。彰江は花壇の近くのベンチに座ると小さく息を吐いた。少しだるそうにしているところを見ると、まだ本調子ではなさそうだ。

ベンチに彰江と咲弥が座り、千早はその斜め前に立った。銀次は立ち位置がわからず、とりあえず千早の後ろに立つ。

「ごめんなさいね、こんなところまで来てもらって。それで、写真のことだけれど……」

「最初に申し上げておきますが、その写真は心霊写真ではありませんよ」

彰江の言葉を遮って、単刀直入に千早は言う。

「まして呪いの写真でもありません。よく見てください。祭壇の脇にうっすらと写っている女性は、彰江さんのお姉さんではありませんか？」

千早の視線が彰江のパジャマの胸ポケットに向く。彰江はポケットから写真を取り出すと、プリント面に目を落として小さく頷いた。

「……先日咲弥からも同じことを言われてずっと考えていました。確かに、目元にほくろのあるこの顔は、姉の春子《はるこ》だと思います」

「その写真を撮ったとき、春子さんはご存命でしたか？」

はい、と彰江が頷くのを見て、銀次はほっと息を吐いた。

「だったら心霊写真じゃねぇじゃねぇか。生きてる人間が幽霊になるわけないもんな？」

「生霊って言葉もあるけどね」

すかさず千早に言い返され、ぐぅ、と言葉を詰まらせる。千早は銀次を振り返ることもせず、彰江に向かって言った。

「咲弥さんから聞いたのですが、貴方はこの写真を『呪いの写真』と言ったそうですね。呪いとは何者かが悪意を持って相手を不幸にしようとするときに使う言葉です。彰江さんは、お姉さんに何か悪意を抱かれるようなことでもしたんですか？」

「せ、先輩、なんでそんなこと……！」

突然母親を糾弾するようなことを言い始めた千早を見て、咲弥が顔色を変えた。

千早は唇に指を添え、今度は咲弥に顔を向けた。

「前に貴方、言ってたよね。お母さんはロミオとジュリエットみたいな大恋愛の末に結婚したって。でも、それってちょっと変じゃない？」

「……え？」

突然の話題転換についていけなかったのか、咲弥は目を白黒させている。

「だってお母さん、お見合いの席でお父さんに一目惚れしたんでしょ？　お見合いなのに、ロミオとジュリエットみたいな大恋愛をするの？　家同士が敵対してるような？」

「そ、それは、単にロマンチックな恋だったって意味じゃ……？」

「ロマンチックじゃないよ。ロミオとジュリエットは結構血なまぐさい内容だもの。家同士の抗争の末にロミオは人を殺すし、最後は当人たちも立て続けに命を絶つ」

「……おい、ロミオとジュリエットってそんな仁侠映画みたいな内容なのか？」

ロミオとジュリエットを甘ったるいラブストーリーだと思っていた銀次はこらえきれずに口を挟んだが、千早に一睨みされて引き下がった。そこは重要なポイントではないようだ。

「それからもう一つ、彰江さんが自分のことを石長比売にたとえていたのが気になります。彰江さんは石長比売の何が自分に近しいと思ったんですか？　名前に岩の字が入っているわけでもなく、姉妹の姉でもない。夫に選ばれなかったわけでもないのに」

それまで硬い表情で黙って話を聞いていた彰江が、ふっと口元を緩めた。ゆっくりと千早を見上げ、疲れたような顔で微笑む。

「……いいえ、私は石長比売でした。いつだって、誰からも選ばれない方でしたから」

強い風が彰江の言葉尻を吹きさらう。周囲を遮るもののない屋上は風が強い。乱れた髪を手で押さえ、彰江はふと我に返った顔をした。

「こんな話をして、何になるのかしら……」

「入院中の退屈な時間を潰せますよ。それから、大事な写真を呪いの写真だなんて勘違いしなくて済むようになるかもしれません」

彰江は目を見開いて、「勘違い？」と呟く。

「勘違いだと思います。詳しい話を聞かせてもらえれば、それがはっきりするかもしれません」

彰江は戸惑ったような顔をしたものの、千早と銀次と、何より隣に座る咲弥が続く言葉を待っているのを見て、居住まいを正した。

「……他愛もない話ですよ。ただの昔話として聞いてください」

そう前置きして、彰江は姉の春子について語り始めた。

彰江より三つ年上の春子は美しい人だった。器量がいいばかりでなく頭もよく、運動も得意だった。ピアノを習わせれば巧みに弾きこなし、料理も好きで、何をやらせてもそつがない。

対する彰江は、少しばかり引っ込み思案な少女だった。運動は苦手で、勉強もそこそこ。出来のいい姉と並べられるとどうしたって見劣りしてしまう。

子供の頃から、親や親族に褒められるのはいつも春子ばかりだったが、彰江は春子が好きだった。春子はいつも優しかったし、年上だからと偉ぶらなかった。勉強やピアノなども丁寧に教えてくれ、彰江が何か失敗してしょぼくれているといつも励ましてくれた。

だから彰江は、春子のそばにいても卑屈にならずに済んだ。高校を卒業して、社会人になっても春子と一緒に買い物をしたり、食事に行ったりしていたそうだ。

「私は高校を卒業してすぐに就職しましたが、姉は頭がよかったので大学に進学しました。大学卒業を来年に控えた年の冬、姉に見合いの話が持ち上がったんです」

見合いの場には、当初両親と春子だけが出向くことになっていた。しかし直前になって春子が「彰江も一緒じゃないと嫌」と言い出した。

「きっと、見合いに向けて新しい服を新調したり、髪にパーマを当てたりする姉を、私がうらやましそうな顔で見ていたことに気がついたんでしょう。両親も姉にかかりきりで、私だけ除け者にされたような気分になっていたのも事実です。姉はそれに気づいて、私も見合いに連れて行ってくれたんだと思います。そのために、私にまで新しい服を買ってくれて……」

見合いの帰りにはデパートでケーキを食べようと誘われ、取り残されたような淋しさから一転、彰江も見合い当日を楽しみにするようになった。

そして訪れた見合いの日。ちょっとした料亭の個室に現れた見合い相手を見て、彰江は息が止まるような思いをした。

「姉より五つ年上だったその人は、大学で国文学の研究をしていると言っていました。眼鏡をかけた顔が知的で、スーツを着た姿勢もよくて。とても洗練された人でした」

そこで一度言葉を切って、彰江は囁くような声で言う。

「その人が、後に私の夫となった人です」

彰江の昔話を大人しく傾聴していた銀次は、ふむ、と頷き、すぐに眉を跳ね上げた。彰江の隣に座る咲弥も困惑した顔で、彰江の顔を覗き込む。

「待って、じゃあ、お母さんが一目惚れしたのって……」

「ええ。姉のお見合いの相手だったの」

以前咲弥が言った通り、見合いの席で一目惚れしたことには違いない。だが、まさかそれが姉の見合い相手だったとは。

彰江は千早を見上げ、薄く笑った。

「私は妹ですが、確かに石長比売でした。いつだって、選ばれるのは花のように美しい姉の方。見合い相手の家柄は申し分なく、むしろ我が家の方が分不相応なくらいで、だから両親は姉を選んだんです。私では先方に選ばれないだろうと予想して」

当然だ。姉は美しく、気立てもいい。

見合い相手も、その家族もよさそうな人たちだった。見合いが成立すれば姉は幸せになるだろう。

しかしそうなったとき、自分はどれほど苦しい思いをするだろう。恋した相手は義理の兄となり、姉と仲睦まじく暮らす姿を間近で見詰め続けなければならないのだから。

見合いが終わると、彰江はまっすぐ家に帰った。デパートでケーキを食べるような気分にはなれず、その後もふさぎ込む日々が続いた。

彰江の気持ちを置き去りに、見合いの話はつつがなく進む。見合い相手は春子を気に入ったらしく、よく彰江たちの家にも遊びに来た。そんなときは彰江が茶など淹れてもてなすこともあった。ときには春子の誘いで、三人で買い物に出かけることすらあった。自分がいては邪魔なのではと思ったが、春子は気にした様子もなく、見合い相手も快くそれを許してくれた。

苦しいが、楽しい時間だった。いずれ姉が結婚すれば、こんなふうに三人で出かけることもなくなる。今だけだからと自分に言い聞かせ、三人でいろいろな場所に出かけた。

「姉が大学を卒業したら、すぐ籍を入れるのだと周りの誰もが思っていました。もちろん私も。でも、姉は卒業と同時に、大学の同期だった男性と駆け落ちしてしまったんです」

それはまさに青天の霹靂《へきれき》だった。

置手紙を一枚だけ残して姿を消した春子を親族たちは必死で捜したが見つからない。

見合い相手はさぞかし激高していることだろう。相手の顔に泥を塗ったも同然だ。両親は真っ青になって先方に頭を下げに行ったが、そこで見合い相手から思いがけない提案が出た。妹である彰江と縁談を進めてもらえないかというのである。

彰江とはこれまでも何度か会っているし、大人しいが芯のしっかりした人柄もよくわかっているから、というのが先方の言い分だった。両親はそれを喜び、彰江はとんとん拍子で相手と籍を入れることになった。

それから数ヶ月ほどして、親族の一人が姉の居場所を捜し当てた。しかしその頃にはもう彰江が嫁入りすることは決定しており、彰江の父親は『あんな娘にはもう二度と家の敷居は跨がせない』と言い張り、事実上勘当してしまったのだった。

「それ以来、姉の話題は親族の間でタブーになりました」

昔語りを終え、彰江は少し疲れたように溜息をついた。その隣では、おそらく初めて聞くのだろう伯母の話に目を丸くする咲弥の姿がある。千早はというと、特に表情もなく淡々と彰江の言葉に耳を傾けるばかりだ。

「結婚当初は舞い上がっていましたが、後になってからふと気がついたんです。もしかすると、私が夫に一目惚れしたことに姉は気づいていたんじゃないかと。それで私を憐れんで、身を引いてくれたのかもしれません。昔から、なんの取り柄もなく誰からも振り返ってもらえない私を慰めてくれるのは、優しい姉の役目だったから。そうでなくとも、姉は自分だけ大学に進学したことを随分と後ろめたく思っていたようなんです。私は姉のように頭がよかったわけでもないし、両親に大学は諦めろと言われても不満に思うことはなかったのですが、姉はいつも心苦しそうな顔をしていました。その罪滅ぼしをしたかったのかもしれません」

でも本当は、姉だって見合い相手を憎からず思っていたのではないか。

彰江はベンチに凭れかかり、苦し気な呼吸を繰り返す。

「両親は昔から姉を溺愛していたし、姉もまさか勘当までされるとは思っていなかったのかもしれません。妹のために、ちょっと叱られる程度だろうと思ってやったことが大事になってしまって、後悔しているかもしれません。それどころか、夫と結婚して幸せになった私を恨んでいるのではないかと思うと、苦しくて……」

彰江は手にしていた写真を見下ろして、祭壇の横にぼんやりと浮かび上がる春子の顔を指先で撫でる。

「今、姉がどこで何をしているのかは知りません。でも、もしかしたら今も、こんなふうに泣いているような、怒っているような顔で私を恨んでいるのかも……」

彰江の声は弱々しい。

誰だって他人から悪意を向けられるのは苦痛だ。実害がなくともじわじわと精神が消耗する。恨まれているかもしれない、と思うだけで衰弱していく者を、銀次も夜の繁華街で随分見てきた。

思ったよりも事態は深刻だが、千早はどう収拾をつけるつもりだろう。咲弥も心配顔で千早の様子を窺っている。

「当時の事情はわかりました。ところで、その写真はどこに保管されていたものですか？咲弥さんの話では、昔の写真はみんな火事で焼けてしまったとのことですが」

昔話の余韻を引きずることもなく事務的な口調で千早に問われ、彰江は我に返ったような顔でそれに答えた。

「この写真は、私の実家にあったものです。半年前に父が亡くなって、家の整理をするため久々に実家に戻ったとき、父の机の引き出しから見つけました。まさか、こんな心霊写真のようなものを父が持っていたなんて知らなかったのですが」

「お父さんはこの写真のことを誰にも話していなかったんですか？」

「ええ、おそらく……。母からも、他の親族からも聞いたことはありません」

彰江は写真を膝に置き、「父は写真が趣味だったんです」と呟いた。

「現像に行くのはいつも父の役目で、上手く撮れなかったものは家族に見せてくれないこともありました。この写真も、そうやって父が隠したんだと思います。恨みがましい目で私を見ているのが姉だとすぐに気づいたのではないでしょうか。だから私の目には触れぬよう、写真を隠したんじゃないかと……」

「そうでしょうか」

弱々しい彰江の言葉を、千早はばっさりと断ち切る。

「そんなに縁起の悪い写真なら早々に捨ててしまうのでは？　その写真を撮ってからもう何十年も経っているんですよね？　それだけ長い間、大事に取っておく理由なんてないはずです」

ならば他にどんな理由があるのだと問いたげな顔をする彰江には応えず、ところで、と千早は話題を変える。

「デジタル化が進んでから、心霊写真は少なくなったと思いませんか？」

突然話の矛先が変わり、彰江と咲弥が顔を見合わせる。先に口を開いたのは咲弥だ。

「……確かに、デジカメとか携帯で撮った心霊写真って、あんまり聞かないような」

「そう。霊や不可思議なものは、現像写真に写ることが多い。どうしてか？　心霊写真は、単なる現像ミスであることがほとんどだから」

千早はわざと間を持たせるようなこともせず、あっさりと種明かしをしてしまう。これまで切々と彰江が語ってきた恨みも呪いも論外だと言わんばかりに。

「では、その写真はどんな現像ミスで撮られたものでしょう」

彰江の持つ写真を指さして、千早は堂々と現像ミスと言ってのける。戸惑うばかりの親子に、千早は勿体つけずに答えを提示した。

「多重露光です。一枚の写真に複数の画像が写るもので、多くはカメラの不具合で起きる現象です」

聞いたことのない単語が出てきた。ぽかんとしているのは銀次ばかりではない。彰江と咲弥も同じような顔だ。

「おい、ちょっと待て。なんだその、多重なんたらってのは」

千早以外の全員が思っていることを代弁するつもりで尋ねれば「多重露光」と短く訂正された。

「写真を撮るとネガに画像が焼き付くでしょう。本来なら次の写真を撮る前にフィルムを巻き取って、次のコマに新しい画像が焼き付くように操作するけど、上手くフィルムが巻き上がらなかったりして同じコマに二つの画像が焼き付く現象」

手短に説明をして、千早は彰江たちに向かって続ける。

「つまり、この二枚の写真は連続して撮られたものだと思われます。まず春子さんの写真を撮り、それから彰江さんたちの写真を撮った。でもなんらかの事情でカメラに不具合が起きて上手くフィルムが巻き取れず、一枚の紙に二枚の画像が印刷された。だからこれは心霊写真ではないんです」

彰江は一瞬納得しかけたようだが、すぐに悩まし気な顔で額に手を当てた。

「いえ、でも、待ってください……その写真は、結婚式の終わりに撮られたものです。式が始まる前にも、父はたくさん写真を撮っていました。だから、一枚前の写真も、式の最中に撮られたはずのもので……」

「ということは、結婚式には春子さんも出席されていたということでは？」

彰江は弾かれたように顔を上げ、まさか、と声を張った。

「姉は勘当されていたんです。父に見つかったら追い返されるに決まっています」

「なら、こっそり参列したのでは？　親族にも、両親にも、貴方にも気づかれないように、遠くから式を見守っていたのかもしれません。そして、お父さんはそれに気づいた」

参列者から遠く離れた場所に、ぽつりと佇む春子の姿に父親だけは気づいたのかもしれない。それで思わず、シャッターを切った。

「勘当した手前声をかけることはできなかったのかもしれませんが、それでもおめでたい席に家族が揃えば嬉しいものでしょう。それで人知れず春子さんの写真を撮って、現像してみたら偶然こんな写真になった」

祭壇の前で肩を寄せる新郎と新婦。新婦の右上に、ひっそりと女性の顔が浮かび上がる。

「心霊写真のようでもありますが、お父さんの目には姉妹が肩を並べているように見えたのかもしれません。それが嬉しくて、大事に保管していたんじゃないでしょうか」

それから、と言いながら、千早は肩から下げていたカバンから一枚の写真を取り出した。それは春子の顔を拡大したものだ。

「この顔、眉を寄せているので怒っているようにも見えますが、口元をよく見てください。薄くて見えにくいかもしれませんが、口角が上がっているように見えませんか」

彰江は両手で写真を受け取り、まじまじとその顔を見詰める。

目の下に泣きぼくろのある女性は眉根を寄せてじっと何かを見ている。己の目に焼き付けようとするかのように一心に。睨むような目つきにばかり目がいってしまって気がつかなかったが、言われてみれば確かに口の端が少し上がっているようだ。

「泣き笑いですよ、その顔は。私には、身内の結婚を祝って泣いているようにしか見えません」

千早に断言され、彰江は薄い肩をびくりと揺らす。まるで静電気にでも触れてしまったときのような反応だ。春子の顔だけが引き延ばされた写真におっかなびっくり指を伸ばし、そろりとその口元に触れる。

「……笑ってる」

呟いて、彰江はぎゅっと眉根を寄せた。

彰江の小さな唇が震え、それはやがて微かな笑みをかたどり始める。

「……姉さんは、お祝いに来てくれていたのね。私たちのことを、恨んでいたわけではなかったのね……」

写真を眼前まで近づけ、彰江ははらはらと涙をこぼす。その顔は、写真に写し取られた春子の顔とそっくりだ。眉を寄せ、口角を微かに上げた泣き笑いの顔。

「……今頃、姉さんはどうしているかしら」

咲弥に背中を撫でられながら、彰江はぽつりとそんなことを言う。

「結婚してからずっと連絡を取っていないけれど、今も元気にしているかしら。それとも、もう……？　私、死んだら姉さんに会えるかしら……」

「やめてよお母さん、そんなこと言うの！」

気弱なことを言う彰江に咲弥が縋り付く。彰江は小さく頷くものの、涙が止まらないのか俯いたままだ。咲弥も途方に暮れた顔をしている。

銀次は弱り顔で二人を見遣った。一応、写真の謎は解決したようだが、このまま立ち去れるような雰囲気ではない。どうしたものかと思っていると、千早がまたしてもカバンを探って、中から何かを取り出した。

また新しい写真でも出てくるのかと思いきや、千早が取り出したのはカメラのようだ。すぐに確信が持てなかったのは、それが今時のコンパクトなデジタルカメラとはまるで違う、武骨な佇まいをしていたせいだった。黒くて大きなカメラは正面から見ると真四角だ。随分とレトロなポラロイドカメラらしい。

千早に無言でカメラを向けられ、彰江はぎょっとしたように姿勢を正す。とっさに涙を拭いたのは、カメラを向けられた人間の習い性かもしれない。

千早はカメラを構えたまま、またしても心霊写真の解説を始めた。

「心霊写真はそのほとんどが現像ミスです。でも、中には本物だってあります。写真に何かが写り込むとしたら、紙に焼き付く瞬間です。だから一枚撮らせてください」

言うが早いか、千早は彰江の了承も得ぬままシャッターを押してしまう。屋上のテラスに眩しい閃光が走り、彰江は小さく肩を竦めた。

カメラからゆっくりと写真が出てくる。何も写っていない。真っ黒な写真だ。

千早から写真を差し出され、彰江は啞然とした顔でそれを受け取る。気になって、銀次もベンチに近づいた。しばらく眺めていると、真っ黒だった写真にじわじわと画像が浮かび始めた。

ぼんやりとした輪郭から始まり、垂れた目元。小さな唇。すっきりとした首筋。だんだんと彰江の顔が鮮明になる――そう思っていたら、違った。

「あれ、これ……？」

咲弥がひっくり返った声を上げる。銀次も身を屈めて写真に顔を近づけてしまった。彰江に至っては声を発することもできない様子だ。

ポラロイド写真にじわじわと浮かび上がってきたのは、彰江の顔ではなかった。

まず髪型が違う。写真の人物は長い髪をアップに結い上げている。服も違った。パジャマではなく、着物のようなものを着ている。そして顔。

彰江と似た面差しではあるものの、別人だ。しっかりと化粧をして、耳元にはイヤリングもしている。時間が経つにつれて写真はさらに鮮明になり、女性が胸元に名札のようなものをつけているのがわかってきた。『木原』という苗字を銀次が読み取ったそのとき、咲弥が大きな声を上げた。

「お母さん、この人の目の下……！」

銀次も写真の女性の顔に視線を戻す。

女性の目の下には、涙の道筋に沿うようなほくろがあった。

息を呑んだ次の瞬間、テラスをびゅっと強い風が吹き抜けた。

「あっ……！」

彰江の手からポラロイド写真が吹き飛ばされる。風はやまず、写真は空高く飛ばされて返ってこない。そのまま屋上を囲う柵を越え、あっという間に辺りの風景に溶けて消えてしまった。

全員が、呆然と空を見上げたきりしばらく動けなかった。

最初に動いたのは彰江だ。ゆっくりと顔を前に戻し、正面に立つ千早を見詰める。

「……今のは？」

とうにカメラを下ろしていた千早は、それをカバンにしまいながら答えた。

「念写です。一応私、霊能力者なので」

霊能力者という言葉に面食らった顔をする彰江を置き去りに、千早は続ける。

「現在のお姉さんの姿を念写してみました。亡くなっていたら何も写らないはずなので、お姉さんはご存命みたいです。着物を着て、ネームプレートをしていたところをみるとどこかの旅館や料亭でお仕事をされているのかもしれません。今からでも、親戚中に訊いて回れば足取りが摑めるのでは？」

「え、でも……」

彰江は視線を揺らしたものの、思い直したように手元に残った結婚式の写真を見た。

「……そうね。もう夫も父もいないんだし、誰に気兼ねをすることなく姉を捜したっていいのよね。そういえば、岐阜の伯母だけは姉と年賀状のやり取りをしているって聞いたことがあるから、訊いてみようかしら」

独白のように呟いて、彰江は柔らかく目を細める。

銀次たちが病室を訪れたときよりずっと前向きな表情を浮かべる彰江を見て、咲弥もほっとした顔だ。銀次と千早に向かってぺこりと頭を下げた。

ゆっくりと日が傾いて、空が明るい茜色に染まる。

銀次は屋上を囲う柵の向こうに目を凝らしてみるが、空高く飛んでいった写真はもう、どこにも見つけることができなかった。

屋上から病室に戻り、千早と銀次は咲弥たちに別れを告げた。咲弥はまだ少し母親のそばにいるらしい。

病室を出て廊下を歩き、ロビーを横切り病院を出る。外に出ると、銀次はこらえきれなくなって千早の背中に問いかけた。

「なあ、さっきの念写って本物か？」

千早は黙々と歩くばかりで銀次の質問に答えない。じれったくなって、銀次は千早の隣に並んでその顔を覗き込んだ。

「まさかあり得ねぇよな？　またなんか、ネタみたいなもん仕込んだんだろ？」

まっすぐ前を見てこちらを見ようともしない千早に銀次は追いすがる。

「なあ、あるんだろ？　写真の加工ソフト使ったときみたいに、なんかやったんだろ？」

「……」

「そうだって言ってくれよ、眠れなくなっちまうだろうが！」

たまらず声を荒らげると、ようやく千早がこちらを見た。呆れたような顔で、溜息混じりに口を開く。

「タネならあるよ」

「やっぱり！」

銀次は思わず拳を握りしめ、嬉々として尋ねる。

「でも、どうやったんだ？　ポラロイドから出てきた写真は、あのお袋さんの姉ちゃんなんだろ？　いったいいつの間に写真撮ってきたんだよ。ていうか、どうやって姉ちゃんの居場所を突き止めたんだ？」

「いっぺんに質問しないでよ。それに、ポラロイドから出てきたあの写真は春子さんじゃない。彰江さんだよ」

「えっ？　だって、全然違う顔だったぞ？」

「彰江さんは今日お化粧してなかったからね。だいぶ印象は違うだろうけど本人。年代が違うせいもあるかな。あの写真は彰江さんの結婚式の写真を加工ソフトでいじって作ったものだから」

「そんなことできんのか？」

「写真屋さんではよくやってるよ。遺影なんかを作るときに」

葬式となれば遺影は必須だが、みんながみんなちょうどいい写真を持ち合わせているわけではない。そこで一部の写真店では、現存する写真から遺影を作るサービスをしているらしい。パソコンに取り込んだ写真データから本人の顔の部分だけ切り出して、髪型や服装を自由に変えることができるそうだ。

「顔にも皺とか入れて年齢操作するの。ほくろもつけておいた。そのデータをあらかじめポラロイドカメラに仕込んでおいただけ」

「ほぉ、今時のポラロイドカメラはデータなんて入れられんのか。すげぇな」

もっとアナログな代物だと思っていたが、知らぬ間に時代は進歩しているものだ。

感心すると同時に、銀次は胸を撫で下ろす。やはり心霊写真も念写もこの世にはないのだ。実を言うと昨日は若干寝つきが悪かったが、今夜こそぐっすり眠れるだろう。

そんなことを思っていたら、ふいに千早が足を止めた。立ち止まって遠くをじっと見ている。視線を追うと、道の向こうに何やら行列ができていた。

「なんだろう、あんなところにお店かな」

言うが早いか行列に向かって近づいていく。列に並んでいるのは女性ばかりだ。なんだか嫌な予感がすると思ったら、店先に置かれた看板に『たい焼きパフェ』という謎の文字を見つけてしまった。

パフェにたい焼きが刺さっているのかと思いきや、さにあらず。会計を済ませた女性が持っていたのは、たい焼きの口に果物やアイスを突っ込んだ斬新すぎる代物だ。

「面白いからSNSに上げよう。ちょっと並んでおいて」

「ええ!?　お前、自分で並べよ!」

「疲れたから少し座りたい。そこ、ほら、あそこのガードレールのところにいるから。列に並んでても見えるからいいでしょ」

言うだけ言って、千早は銀次を列の最後尾に並ばせると自分はガードレールの方へ行ってしまう。

銀次は大声でそれを呼び止めようとして、直前でぐっと声を呑んだ。

少し距離はあるものの、千早がいるのは列に並ぶ銀次からもよく見える場所だ。銀次が目を離しさえしなければ何者かに攫われることはないだろう。それに、咲弥の母親の前で写真の真相をあぶり出した千早が疲れているのは本当かもしれない。

（……今回ぐらいは、労ってやるか）

早くも銀次の後ろには新しい客が並んでいる。このまま大人しく列に並ぶことにして、銀次は空に向かって深い溜息をついた。

＊＊＊

たい焼きパフェの店から離れた千早は、ガードレールに凭れて銀次の様子を眺めていた。銀次は不機嫌そうな顔をしながらも、律儀に列に並んでいる。

これだけ好き勝手に振り回されて、よく愛想を尽かさないものだと感心する。そうでなくとも銀次はお化けの類が苦手だ。心霊写真もどきにすら怯えるくせに、千早が心霊相談を受ければ逃げずに自分もついてくる。

変な人だと思った。お人好しが過ぎて呆れたこともある。

でも今は少しだけ、その存在が心強い。

ガードレールに寄り掛かる千早の背後を、次々と車が通り過ぎていく。夕方なので交通量が多い。銀次がいる場所からはそこそこ距離が離れているし、ちょっとした話し声なら車の音で掻き消されてしまうだろう。

そろそろかな、と思ったところで小さな足音が近づいてきた。視線を向ければ、そこには思った通り咲弥の姿がある。

病院から走ってきたのだろう。咲弥は千早に駆け寄ると「間に合った……！」と息を弾ませながら言った。

「あの、先輩、追加の依頼してもいいですか？　お母さんが、さっきの念写でもっと詳しく伯母さんの居場所を教えてほしいって言ってて……」

想像通りの展開に千早は肩を竦める。

「あれは念写じゃないよ。ただのインチキ。貴方のお母さんが無事に手術を乗り切るためのカンフルみたいなものだから」

「え、でも……」

「お姉さんの居場所を捜すために早く退院しなくちゃってお母さんに思わせておいた方が、術後の経過もいいんじゃない？」

「それは……確かに、そうですね」

咲弥は腑に落ちたような顔をしたものの、「でも」と食い下がってくる。

「母が退院したら、改めて依頼させてください。さっきの念写、インチキなんかじゃなくて本物ですよね」

「どうしてそう思うの？」

「だって伯母さんの胸についてたプレートの名前、『木原』だったじゃないですか。母がびっくりしてました。伯母さんが駆け落ちして結婚した相手、木原さんっていうんだそうです。私だって知らなかったのに」

「本当？　適当な苗字にしただけだったんだけどな」

千早はわざとらしく驚いたような声を出して咲弥の言葉を遮った。

「だったら、もし伯母さんが全然違う苗字だったらどうする気だったんです……？」

「お姉さんは再婚したんです、とかなんとか言ってごまかす気だった。とりあえず、手術に向けて貴方のお母さんが前向きになってくれればそれでよかったから。後で苗字が違ったってバレたとしても、退院後なら別に構わないかなって」

「え、で、でも……？」

喋っているうちに確信が揺らいできたのか、咲弥は眉を八の字にして俯いてしまう。しかし最後の最後で何かを思い出したのか、勢いよく顔を上げた。

「でも念写は本物ですよ！　だってポラロイドカメラから全然別の人の顔が……！」

「あれは昔のお母さんの顔を写真ソフトで加工して、事前にデータをポラロイドに仕込んでおいただけだから」

銀次にしたのと同じ説明をしてみたが、咲弥は引き下がらなかった。

「あんな旧式のポラロイドカメラにデータなんて入れられるわけないじゃないですか！　SDカードが入れられるポラロイドなら私も知ってます、お祖父ちゃんも持ってましたから。でも、先輩が持ってたカメラはそういうタイプじゃなかったですよね？」

咲弥の祖父が写真好きという話を忘れていた。さすがに銀次のようにはいかないか。

それでも千早は無表情を崩さず、短く述べるに留める。

「私、家電の改造マニアだから。旧式のポラロイドカメラだって、SDカード対応できる程度には改造できるよ」

「え……えぇ……？」

咲弥は心底当惑した顔をしている。しかし千早はそれ以上の説明を重ねない。どんなに無茶苦茶な話でも、強気に言い切ってしまえば案外人は丸め込まれるものだ。

「それよりも、今の話はあの人の前で言わないでね」

千早はするりと話題を変え、ガードレールから少し離れた場所に立つ銀次を指さした。

銀次も千早のもとに咲弥がやってきたことに気づいていたようで、二人の様子をそわそわと窺っていた。千早が手を振ると何事か言い返してくる。何やってんだ、とか、お前も並べ、とか、そんな内容だろうか。しかし車の音が邪魔をしてこちらにまでは届かず、代わりに銀次の前に立っていた女性が怯えた顔で振り返った。たちまち銀次の眉が下がり、ぺこぺこと前の女性に頭を下げ始める。

強面のくせに案外怖くないんだよな、などと思いながらその様子を眺めていたら、横から咲弥が控えめに声をかけてきた。

「あの、なんであの人には言っちゃいけないんです？　助手さんなんですよね……？」

「うん、まあ、助手なんだけどね」

千早が勝手に言っているだけだ。

銀次は松岡組の組長に命じられて千早の護衛をしているだけで、千早の仕事を手伝う義理まではない。それなのに、なぜ助手であることを否定しないのだろう。お人好しの上に流されやすいのか。

変な人、と千早は目を細める。

「あの人怖い話を聞くと、夜眠れなくなるらしいから」

銀次がこちらを見る。憤然とした顔で、声は出さずに口を動かして何か言っているようだ。悪態の類かと思ったが、それにしてはずっと同じ口の動きを繰り返している。しばらく銀次の口元を注視してようやく、「イチゴとマンゴー、どっちだ」と言っているのがわかった。

お人好しで流されやすくて、その上律儀か。

千早は声を立てて笑うと、目を丸くする咲弥を尻目に、大きな声で「イチゴ！」と答えた。

第三話

足跡ふたつ

金曜日。最後の授業の終わりを告げるチャイムが鳴り響くと、教室の空気が膨張する。誰かの吐いた溜息や、すぐにも席を立って廊下に出ようとする熱気や、教科書を閉めるときに起こる風や、そういうものが一瞬で膨らんで、弾ける。

教師が教壇を降りるや、わっとたくさんの声が沸き上がって教室に騒音が満ちた。その音は廊下に噴き出し、隣のクラスから流れ出した声と混ざり合い、校舎の外にまで溢れていくようだ。

千早は机の中身をカバンに移し替えて席を立つ。

進級し、クラス替えから一ヶ月半が経つものの、千早に親しく話す相手はいない。クラスメイトたちからはなんとなく遠巻きにされている。

ＳＮＳは意外と拡散力があるようで、校内には千早が心霊相談所を開いていることを知っている者も多い。おかげで同じ学校の学生から依頼があるわけだが、霊能力者を名乗っているせいで変わり者として認知されてしまったようだ。今更それを否定するつもりもないが。

誰とも言葉を交わさぬまま教室を出る。校内で一人過ごす状況は昔から慣れているので、さほど苦にもならない。

小学生の頃、校舎の角々にわだかまる闇に怯え、何もない虚空を凝視する千早は、子供の目から見ても異質だったらしい。おかげで友達はろくにできず、ほとんどのメンバーが小学校から繰り上がる中学でも同じ状況が続いた。高校も似たようなものだ。

昇降口で靴を履き替えた千早は黒いスニーカーの紐を締め直し、ガラス扉越しに外を見る。まだ日暮れまでには時間があるはずだが空は真っ暗で、今にも雨が降り出しそうだ。

校門を出て、道を挟んだ向かいにある公園に向かった。いつものベンチに目を向けると、珍しいことに銀次の姿がない。

今朝はいつも通り、登校する千早の後ろをついてきていたのに。トイレにでも行っているのだろうか。

ベンチに向かう途中、頬にぽつりと水滴が落ちた。雨が降ってきたようだ。

千早はその場で足を止めて空を見遣る。頭上は分厚い雲で覆われて、これから本格的な雨になりそうだ。傘の持ち合わせがなかった千早は公園を見渡し、踵を返して外に出た。雨では依頼人も来ないだろう。

銀次を捜すことはしなかった。待ち合わせをしているわけではないし、毎日送り迎えをしてほしいと頼んだわけでもない。あくまで向こうが勝手にやっていることであって、千早はそれを放置しているに過ぎないのだ。

ある日ぷつりと姿を消すかもしれない相手を捜すことも、待つこともしたくはなかった。ぱらぱらと雨が降る中、千早は足早に土手沿いの道を歩く。その間もますます雨脚は強くなり、駅前まで来たところでいよいよ本降りになってきた。

さすがに足元に水煙が立つほどの雨を無視することはできず、駅の軒先に駆け込む。一息ついたところで、後ろから誰かに声をかけられた。

「ちょっといいかい、お嬢ちゃん」

しわがれた男性の声に振り返れば、そこには白い麻のスーツを着た老人が立っていた。ノーネクタイで襟元を崩し、白のパナマ帽をかぶって片手にステッキをついている。

帽子のつばが邪魔をして目元がよく見えないが、口元に深い皺が寄っていた。しかし背筋はしっかり伸びて、矍鑠《かくしゃく》とした雰囲気だ。

振り返った千早に、老人は尋ねる。

「この近くに、『喫茶橙《だいだい》』という店があると聞いて探してるんだが……」

「それなら、駅の反対側の出口を出てすぐ向かいの商店街にありますよ。『仙堂写真館』を通り過ぎてもう少し行った、商店街の終わり近くにあるお店です」

老人は千早が指さした方を振り返り、ふむ、と口をへの字にする。

「すまんが、近くまで案内してもらえないだろうか」

即答できず黙り込めば、駅の軒先から流れ落ちる水音が耳についた。まるで滝が落ちるような音で、まだしばらく雨はやみそうにない。どうせすぐには帰れないのだし、千早は老人を喫茶店まで案内することにした。

改札前を通り過ぎ、反対側の出口から駅を出る。商店街は駅から目と鼻の先だ。ステッキをつく老人の足元を気遣いながら数メートルの距離を足早に通り抜け、アーケードに入った。

「このお店です」

老人と共に商店街を歩き、店の前で足を止める。喫茶橙は古めかしい店構えだ。飴色に輝く木製のドアにはカウベルがつけられ、商店街に面したアーチ型の窓からは、店名の通り橙色の光が漏れている。

老人は店の看板を眺め、満足そうに口元を緩めた。

「すまんな。良ければお礼に一杯、おごらせちゃもらえないか」

「いいえ、結構です」

見ず知らずの他人から飲食をおごってもらう気もなく断ったが、老人は諦めない。

「この店はチーズケーキが美味いと評判だそうだ。それもご馳走する」

「本当に結構ですので」

「そうか、お嬢ちゃんはてっきり甘味が好きだと思っていたが、違ったか。東四柳心霊相談所のアカウントには、よくよく菓子の写真を載せてるようだが」

立ち去りかけた千早の足が止まる。心霊相談所のアカウントを知っているということは依頼人だろうか。思うが早いか、背後に人の気配を感じた。

振り返ると、駅とは反対の入り口からアーケードに入ってきたらしい男性たちが、千早の後ろに立っていた。全部で三人、黒いスーツを着て、壁のように立ちふさがっている。

千早が足を踏み出すと、男たちの肩先がピクリと動く。千早が走って逃げてもすぐ追いかけられるよう身構えているのは明白だ。

「どうだい、お嬢ちゃん。こんな雨の日に追いかけっこをするより、爺とお茶でも飲まないか？」

白いパナマ帽をかぶった老人が楽し気に誘いをかける。イエスかノーか尋ねているようでいて、その実千早に選択権はない。

千早は無表情で老人を振り返り、抑揚乏しく言った。

「……では、お言葉に甘えて」


店に入ると、老人は窓際に置かれた四人掛けのテーブル席に腰を下ろし、水を置きに来た店員にコーヒーを注文した。千早もチーズケーキと紅茶を頼む。護衛の男たちは店の外で待機しているようだ。

間を置かず、すぐに飲み物とケーキが運ばれてきた。ケーキはベイクドチーズケーキで、表面に焼き色がついている。粉砂糖を振るでもなければ生クリームを添えるでもなく、見た目は実にそっけない。

SNSにアップするか迷ったが、とりあえず携帯電話を取り出して写真を撮った。

画面に収めてみると、店内の薄暗い照明がケーキを柔らかく照らし、木目の浮いたテーブルと相まってなかなかいい雰囲気になった。これはこれで悪くないか、などと思っていたら、向かいに座った老人が微かに笑った。

「突然店に連れ込まれたってのに、肝の据わったお嬢ちゃんだな」

顔を上げると、いつの間にか老人がパナマ帽を脱いでいた。白い髪をきっちり後ろに撫でつけ、眼光鋭くこちらを見据えてくる。鷲鼻に薄い唇。目鼻立ちのはっきりした顔には深い皺が刻まれているものの、若かりし頃の美貌が薄く透けて見えるようだった。

「泣いて怯えたほうがよかったですか？」

「いや、まさか」

「よかった。演技は苦手なんです」

喋っている間に、千早の携帯電話にメッセージが届いた。それに短い返信をして、千早は携帯電話をテーブルに置く。

「いただきます」

老人に軽く頭を下げ、チーズケーキを口に運ぶ。商店街の喫茶店などあまり期待していなかったのだが、ケーキは舌触りが滑らかで、甘さもしつこくない。飲み込むと爽やかなレモンの匂いが追いかけてきた。

「美味しいです」

素直な感想を述べたつもりだったのだが、老人は苦笑めいた表情を浮かべた。

「そんな能面みたいな顔で言われてもな」

「地顔なもので。ご不快にさせたなら申し訳ありません」

「いいや、そこでお愛想笑いの一つもしないところが気に入った。にしても堂々としたもんだな。本当にただの高校生か？」

千早の顔を眺めながらコーヒーカップに手を伸ばした老人は、目測を誤ったのかカップの横に置かれたクリップボードに触れてしまう。テーブルから伝票が落ち、身を乗り出してそれを拾い上げた老人は、千早の足元を見て眉を上げた。

「最近の学生さんは制服に運動靴を履くのか。昔は革靴だったもんだが」

「未だに革靴の子も多いですよ。でも、スニーカーの方が走りやすいので」

老人は椅子に座り直し、なるほど、と笑った。

「俺は革靴しか履いたことがないからわからんが、こんな窮屈な靴よりはずっと走りやすいだろうな」

「スニーカー、履いたことないんですか？　一度も？」

「ああ。だから実生活じゃろくに走ったこともない。そうでなくとも俺は人より足が小さくてね。歩いてるだけで転んじまう」

老人がテーブルの下から足を出し、爪先で軽く床を叩く。その足を包むのは、艶やかに光る焦げ茶色の革靴だ。試しに千早も通路に足を出してみた。比べてみると、黒いスニーカーを履いた千早の足と老人の足の大きさはさほど変わらない。それどころか、若干老人の足の方が小さいようにも見えた。

「護衛の中には無駄に体のでかい奴もいてな、そういうのに限って運動靴を履いてすたすた先に行っちまうもんだから、追いかけてよく躓《つまず》いたもんだ」

体の大きな護衛と聞いて、銀次の姿が頭をよぎった。今頃どこにいるのやら。傘を持ち歩くようなタイプには見えないし、びしょ濡れになっているかもしれない。そんなことを思っていたら、老人がふっと目元から笑みを消した。

「で、お嬢ちゃんは走りやすいように運動靴を履いているのに、どうして今日は逃げ出さなかったんだ？　その気になれば助けを呼びながら商店街を走り抜けることもできただろう？」

「そうですね。でも――」

千早が言いかけたところで、傍らの窓が外から勢いよく叩かれた。

ばん！　と大きな音がして、老人がぎょっとしたように窓の方を向く。

老人の言う通り、走って逃げようと思えば逃げられた。少し前の千早なら迷わずそうしただろう。でも今はその必要性を感じなかった。

千早はフォークでチーズケーキを切り分け、それを口に放り込んで窓に目を遣る。

その向こうでは、全身ずぶ濡れになった銀次が憤怒の形相でこちらを見ていた。

＊＊＊

十分ほど前まで、銀次は雨の公園で千早を待っていた。

いつもならとっくに学校から千早が出てくる時間だが、それらしき人物が出てくる様子はない。雨が止むまで校舎で待っているのだろうか。わからないだけに待つしかないのだが、銀次は不安を募らせる。

実は雨が降り出す少し前に、銀次はトイレに立っていた。そろそろ千早が出てくる時間だとは思ったが、すぐに戻ってくれば大丈夫だろうと高をくくって。もしトイレに立っている間に千早が来たとしても、千早はベンチで店番をしているだろうから問題ない。そう思ったのだが、この雨だ。

まさか先に帰った、なんてことがあるだろうか。そんな馬鹿なと思いつつ、千早の携帯電話にメッセージを送る。つい先日、『何かあったらすぐ俺に連絡しろよ』と千早にこちらのアドレスを押しつけたら、気まぐれに千早もアドレスを教えてくれたのだ。

『今どこだ？』とメッセージを送ると、すぐに返事があった。

『喫茶橙。知らないお爺さんと一緒』

その文面を見た瞬間、銀次は全身から血の気の引く思いを味わった。

まだ学校、と返ってくるのを期待していた。あるいは、もう家、ならばまだよかった。それがまさかどことも知れない喫茶店にいて、見知らぬ人物と一緒とは。

銀次は猛然と公園を飛び出すと、走りながら携帯電話を操作して喫茶橙なる店を検索し、それが駅前の商店街にある店だと判明するや、赤信号を無視し、走行中の車すら体当たりで撥ね飛ばす勢いでここまで走ってきたのだ。

商店街に面した窓から千早の顔を見たときは、安堵して膝から頽《くずお》れそうになった。窓に両手をついたのは千早に対する抗議というより、倒れかけた体を支えるためだ。

銀次は勢いよく喫茶店のドアを開けると、大股で千早たちの座るテーブルに近づいて声を張った。

「お前な！　先に行くなら行くで連絡しろよ！」

千早はのんびりと紅茶を飲みながら「したじゃない」と答える。

「俺が連絡したから返事しただけだろ！」

「ちょっと、声が大きい。みんな驚いてる」

千早が眉を顰めて見上げてくる。誰のせいだ、と思ったが、店内にいた客も、店員も、全身ずぶ濡れで声を荒らげる銀次を見て目を丸くしていた。

「座ったら」

通路側に座っていた千早が窓辺の席に移動する。銀次はテーブルに視線を戻し、そこでようやく千早の向かいに座る老人に気づいた。白いスーツを着たその人物を見て、ひゅっと喉を鳴らす。

相手は銀次の顔色に気づいたのか、おや、と言いたげに眉を上げた。自分を知っているのか、と問うようなその顔を見て、銀次はごくりと唾を飲む。

知っているに決まっている。千早の前に座ったやたらと身なりのいい老人は、荒鷹組の組長、鷹野《たかの》剛造《ごうぞう》その人だ。

千早を護衛するようになってから、沢田が念のためにと剛造の写真を送ってくれていたのだ。まさか組長が直々に出張ってくるはずもないが、もしもということもあるから、と冗談半分で。それがまさか、本当に剛造本人が現れるとは。

銀次は愕然として言葉もない。

千早の護衛を始めてから一ヶ月。妙なカルト集団と思しき男たちに千早が攫われかける事件はあったものの、荒鷹組が絡んでくることはなく、比較的平和に過ごしていたはずが。なぜ今日に限って、ほんの一瞬目を離したその隙に、荒鷹組の組長と千早が喫茶店で同席する事態に陥っているのだ。

千早はチーズケーキの最後のひと口を食べ終えると、驚きすぎて声も出せない銀次を指さして言った。

「こちら、松岡組の浅井さんです。こういう護衛がいるので逃げる必要もないかと」

なぜか荒鷹組の組長に紹介されてしまった。千早と剛造が直前までどんな会話をしていたのか皆目見当がつかず、余計な口も挟めない。

おろおろするばかりの銀次のもとに、同じく戸惑い顔の店員がタオルを持ってやってきた。「よろしければ……」と差し出されたそれをありがたく受け取り、とりあえず千早が空けてくれた通路側の席に腰を下ろした。

「兄ちゃん、あんたもコーヒーでいいか？」

剛造に声をかけられ、銀次はぎくしゃくと頷いた。組長クラスの人間と相対するのは源之助に続いて二度目だが、やはり一般人とは迫力が違う。千早はよくこんな相手の前でのんきにケーキなど食べていられるものだ。

剛造が店員にコーヒーを注文して、銀次の前にもコーヒーカップが運ばれてきた。一人状況を把握できない銀次を置き去りに、千早は悠々と剛造との会話を続ける。

「そろそろ本題に入りたいのですが」

「ほう、本題とは？」

「こうしてお茶に誘っていただいたのは、道を教えたお礼だけではありませんよね？　他にはどのようなご用件で？」

剛造に鋭い視線を向けられても、千早は臆する様子がない。剛造はそれに不満を示すどころか満足そうに頷いて、ゆっくりとテーブルに身を乗り出した。

「ご挨拶が遅れたな。俺は荒鷹組をまとめてる、鷹野剛造ってもんだ」

「ああ、貴方が」

千早は本気で相手が荒鷹組の組長だと気づいていなかったようだ。とはいえ、相手の正体がわかったところでその態度は変わらない。真顔で続く言葉を待っている。

剛造は軽く目を眇め、「一つ聞きたいことがある」と言った。

「あんた以前、松岡源之助に、組合には行かない方がいいと助言したらしいな？　うちのもんが現れることを知ってたのか？　だとしたら、誰から何を聞いた？」

銀次の表情が硬くなる。剛造が言っているのは、荒鷹組の構成員が源之助を狙って組合の会場で銃を乱射したときのことだ。

源之助は銀次の命の恩人だ。その命を狙うよう指示したのは、目の前に座る老人なのかもしれない。そう思ったら、ふつふつと腹の底が熱くなる。

銀次の顔色に気づいたのか、剛造が牽制するような視線を向けてきた。

「言っておくが、松岡源之助を狙うよう指示したのは俺じゃない。信じても信じなくても構やしないが、ここで妙な考えを起こすんじゃねぇぞ。店の外には部下もいる。お嬢ちゃんたちを巻き込みたくはないだろう」

ならば誰が源之助を狙うよう指示したのだと問い詰めたかったが、ぐっと堪えた。

末端の末端とはいえ、自分も松岡組の関係者だ。ここで剛造に手を出したら組同士の抗争に発展しかねない。何より、護衛すべき千早や、店の中にいる一般人にまで累が及ぶ。

剛造の言葉を信じるか否かはいったん脇に置くとして、銀次は無言でコーヒーを飲んだ。会話の邪魔はしない、と意思表示するつもりで。

銀次の表情の変化を正確に読み取り、剛造は目元を和らげて千早を見遣る。

「さあ、答えちゃくれないか。うちの組織に内通者がいるならすぐにも特定しておきたい。誰から何を聞いたんだ？」

千早は目を伏せて紅茶を一口飲むと、剛造の表情を真似るように目元を緩めた。

「生きている人間からは、何も」

銀次はカップをソーサーに戻しかけていた手を止めた。冷たい風がするりと首の後ろを撫でた気がして動けなくなる。

剛造は千早の言葉の意味が汲み取れなかったらしい。怪訝そうに目を眇めている。

「そりゃどういうことだ？　お嬢ちゃんに何か教えた相手はもう死んだってことか？」

「いえ、もうすでに死んでいる人間から教えてもらったんです。あの人は組合に行くべきじゃない、悪いことが起こるから、と」

　剛造の眉間に深い皺が寄る。一気に機嫌が傾いたようだ。銀次でも尻込みしそうなその顔を真正面から見返し、千早は臆することなく言った。

「私のアカウントをご存じなら今更ご説明するまでもないかもしれませんが、私は東四柳心霊相談所の所長兼、霊能力者です」

　銀次は全身を硬直させる。

（馬鹿、相手は荒鷹組の組長だぞ……！）

　全身から冷や汗が噴き出した。銀次のような下っ端や、同年代の学生相手ならまだしも、剛造相手にそれを言うとは。ふざけていると思われるに決まっている。そして剛造がその気になれば、千早だけでなく銀次もろとも東京湾に沈めることなど容易《たやす》い。

　剛造は茶化されたとでも思ったのか不愉快そうに眉を寄せ、どかりと椅子の背凭れに寄り掛かった。

「冗談はいいから早く教えてくれ。お嬢ちゃんに報復なんかはしないよう、情報を漏らした相手はきっちりうちで処理する」

　どうやって処理をするつもりか、想像するだに恐ろしい。

　銀次は余計な口を挟むことをやめ、ひたすらコーヒーを飲み続けた。

　一方の千早は剛造に凄まれてもまるで顔色を変えない。それを見て、さすがの剛造も苛立ったように指先でテーブルを叩いた。

「うちの組織の中に裏切り者がいないか確かめておきたいんだ。うちは昔、裏切り者のおかげで痛い目を見てる。同じ轍は踏みたくねぇ」

「そうおっしゃられましても事実ですから。生きている人からは何も聞いていません」

「じゃあなんだ、お嬢ちゃんは死んだ人間の声を聞いたってのか」

「ええ。松岡組の組長さんの隣にいつもいる方です。その方も、組合で何が起こるかを詳しく教えてくれたわけではありませんでした。ただ、組合には行かない方がいいとだけ」

「馬鹿馬鹿しい」

吐き捨てるように言って、剛造は千早を睨めつけた。それでも千早が表情を動かさないとみると、舌打ちして窓の外に目を向ける。

いよいよ外に待機させていた部下を呼び寄せて実力行使に出るつもりか、と身構えた銀次だったが、剛造は途中で気を変えたようにまた千早へと顔を向けた。

「霊能力者なら、死んだ人間を憑依《ひょうい》させることなんかもできるのか？」

「ええ、相応の依頼料をいただけるのであれば」

剛造の目が細くなる。しかし笑ったようには見えない。激しい感情を無理やり抑えつけた結果、目元の筋肉に力が入ってしまったような、そんな顔だった。

「だったら、俺の親友の霊を降ろしてくれ。あいつと話がしたい」

「交霊ですか。一回五千円ですが」

「金ならいくらでも出してやる。できるもんならこの場でやってみろ」

会話が妙な方向に進んでしまい、銀次はとっさに店内を見回す。店にいる客はカウンター席に一人、奥のテーブルに一人だけで、店員も今はカウンター内にいる。幸い、千早たちの会話に耳をそばだてている者はいないようだ。

喫茶店の一角で霊を降ろすなんて、店からしたら嫌がらせ以外の何ものでもない。しかし千早は頓着した様子もなく、「わかりました」と了承してしまった。

「私もちょっと気になってたんです。お会いしたときからずっと剛造さんの後ろにいる、その人のこと」

剛造の目を見ていた千早の視線が、わずかに右にずれる。剛造の肩の辺りを見ているようだ。銀次はぞっとしたが、剛造は鼻先で笑っただけだった。

「さすが、霊能力者を騙るだけあってはったりが上手いな」

「その人が親友さんかどうかはわかりませんが、ちょっと降ろしてみましょうか？」

手近な棚から物でも取るような調子で千早は言う。剛造は意地悪く唇を歪め、「やってみろ」とだけ言った。

千早は頷き、ゆっくりと目を閉じる。それきり動かなくなって、無言の時間が経過した。

剛造は腕を組み、たまに自身の腕時計に視線を落としながら苛々と革靴の先で床を叩いた。そのまま三十秒が経過して、待ちきれなくなったように口を開く。

「おい、小芝居もそのくらいに――」

剛造の言葉が終わらぬうちに、突如がくりと千早が首を前に倒した。座面からずるりと腰がずれ、膝に置いていた両手も脱力したように体の脇に垂れる。

さすがにぎょっとする銀次と剛造の前で、千早はふらふらと両手を上げてテーブルにべたりと掌を置いた。緩慢な動作で身を乗り出し、テーブルに突っ伏して低く呻く。耳を澄ました次の瞬間、くぐもった声がした。

「……お、俺です……」

一瞬ぎくりとしたが、声はそのまま千早のものだ。

千早は突っ伏したままぶつぶつと何事か呟き、妙に芝居がかった声で言った。

「俺……俺ですよおぉぉ……俺えぇぇ」

(こ、交霊ってこれか？　え、マジでやってんのか……!?)

さすがの銀次もこれは怖くない。というか、小学生の学芸会レベルだ。剛造も同じことを思ったのか、鼻白んだように組んでいた腕をほどいた。

「もういい。何が交霊だ、下らねぇ」

「……俺、俺……俺は」

「もういいって言ってんだろうが、いい加減に……」

「剛さん」

苛立ったような剛造の言葉が、ぶつりと途切れた。千早も何も言わなくなる。うめき声が途切れ、沈黙が落ち、唐突に、千早はきっぱりとした声で言った。

「――剛さん、走れ」

瞬間、剛造が大きく目を見開いた。思わずといったふうに腰を浮かしかける。同時に千早がぱっと顔を上げた。

「この場でこれ以上は無理そうですね」

そう言って身を起こした千早は、一仕事やり終えたような顔で息を吐いて紅茶をすすった。あれほど嘘臭い演技をした後でこの態度、どこまで面の皮が厚いのか。

さすがに激怒されるのではと思ったが、なぜか剛造はテーブルに両手をついたまま、椅子から立ち上がることもできぬ様子で千早を凝視している。しばらくしてテーブルについていた手を下ろすと、剛造はこれまでで一番険しい顔つきで千早を睨んだ。

「……なるほどな。適当にしちゃあ、それっぽいことを言うじゃねぇか」

「適当ではありませんが、完全に降ろすことはできませんでした。声が拾えたくらいです」

「剛さん、ね。確かにあいつは俺をそう呼んでたが、それくらいは想像で言い当てることも可能か。だが、俺はあいつを親友だと言ったんだぞ。なぜ敬語を遣った？」

「知りません、私はあの人の言葉を繰り返しただけですから」

「あくまで本物だと言い張りたいわけだな？　で、あいつはまだ俺のそばにいるのか？」

千早は剛造の背後に視線を滑らせ、首を横に振った。

「いえ、もうどこかへ行ってしまったようですね。急に私に干渉されて驚いたみたいです」

「そりゃ都合のいい話だ。で、あいつの姿は見たのか？　どんな様子だった？」

矢継ぎ早に質問が飛んできて、千早は何か思い出すように斜め上に視線を向けた。ふわふわと漂っていたそれが、隣に座る銀次で止まる。

「なんとなく、この人に似ていました」

千早に指さされ、銀次は眉間を狭くした。あんな幼稚な演技を見た後では信じる気にもなれないが、死んだ人間に似ているなどと言われては気分が悪い。一言物申してやろうかとも思ったが、剛造が真顔でこちらを見ているのに気づいて言葉を呑んだ。

剛造は食い入るような目で銀次を見ている。よもや本当に、剛造の親友とやらは自分と似ているのか。

しばらくしてやっと銀次から視線を逸らすと、剛造はおもむろに腕を組んだ。

「……俺はどうしても、裏切り者の正体を突き止めたい。だが、お嬢ちゃんはあくまで死んだ人間から話を聞いたと言い張るわけだな？」

「事実ですから」

「だったらあんたに一つ依頼をしよう。それをこなせば、あんたの言うことを信じる」

「依頼の料金は、相談料五百円、除霊三千円、交霊五千円ですが。他は要相談で」

「言い値で払ってやる」

面倒くさそうに千早の言葉を遮って、剛造は腕を組んだまま上体を前に倒した。

「俺の親友が残した金庫の暗証番号を突き止めてほしい」

少しだけ声を潜め、剛造は窓の外にちらりと目をやる。その目つきから、剛造がこの話を他の誰にも聞かれたくないのだとわかった。おそらく、外で控えている部下たちにさえ。

「金庫は俺が保管してる。鍵師に頼めば開錠なんて一発だが、そこまでするほど価値のあるもんも入っちゃいないだろうと思って捨て置いてたんだ。暗証番号は親友が自分で決めた。おそらくなんらか意図があってその番号にしたんだろう」

千早の目を覗き込み、剛造は威圧感を滲ませる声で言った。

「なぜその番号にしたのか、見事本人から聞き出してくれ。そうしたら、お嬢ちゃんの話も信じよう」

千早に詰め寄る剛造を見て、銀次は眉を上げる。千早の言うことを全く信じていないにしては、剛造の目がやけに真剣だったからだ。

千早はそれに気づいているだろうか。真横に座る銀次にはわからない。そもそも、こんな依頼を引き受けるかどうかも疑問だ。先程の交霊を見る限り、本気で霊と交信できるようにはとても見えないのだが。

銀次の心配をよそに、千早はあっさり「承りました」と返事をした。

「では、まず親友さんの生前の情報を教えてください」

「なんだ。わざわざ俺に訊かなくとも本人を降ろしちまえばいいだろう」

剛造が煽るような口調で言う。それに対して、千早は呆れを含んだ表情を浮かべた。

「毎年何万人が亡くなってると思ってるんです。その辺にいくらでも死者の魂なんて漂っているのに、なんの特徴もわからないまま交霊することなんてできるわけがないじゃないですか」

「さっきは呼べただろう」

「たまたま貴方の後ろにいたからです。あれだって手近にいる霊を引っ張ってきただけで、本当に貴方の親友かはわかりませんよ。ですからさっきの交霊のお代は結構です」

「ああ言えばこう言う、なかなか口の回るお嬢ちゃんだ」

相手がヤクザの組長だろうと萎縮せず言い返す千早が面白くなってきたのか、剛造は口元を緩めて「いいだろう」と頷く。

「親友の名前は秋元力也《あきもとりきや》だ。付き合いは小学校からだな。同級生だった。体がでかくて、仏頂面で、いつも白い運動靴を履いてたよ。着てるもんが背広のときだってお構いなしだ。動きやすいのが一番だからってな。で、二十歳で死んだ。五十年も前の話だ」

そこで短く言葉を切って、剛造は呟く。

「死んだときも、白い運動靴を履いてたな。泥ですっかり黒くなっちまってたが」

「お亡くなりになった場所はどこです？」

「山の中だ」

「死因は？　事故ですか？　自殺？」

隣で聞いている銀次もぎょっとするようなことを千早は平然と尋ねる。思わず、おい、と止めに入ってしまった。相手は剛造の親友だ。もし本当に自殺だったらかなりデリケートな話題になる。

　うろたえる銀次と、ふてぶてしいほど無表情を貫く千早を交互に見て、剛造はくっと喉を鳴らして笑った。

「死因については詳しく教えられないが、山中で死体が見つかったのは事実だ。あんまりまっとうな死に方じゃなかった、とだけ言っておこうか。もしかしたら、そのせいで今も俺の後ろにいるのかもしれねぇな？」

　剛造が自身の背後を振り返る。銀次もつられてそちらに目を向けてしまい、慌てて手元に視線を落とした。何かいるわけもないのに、それでも見たくない。もしも何かが見えてしまったら、なんて想像するだけで、襟元から背中にすぅすぅと風が吹き込んでくるような心許ない気分になる。

　ふと見ると、剛造が驚いた顔でこちらを見ていた。隣の千早はけろりとした顔をしているのに、強面の銀次が怯えたように俯いているのが意外だったのだろう。

　剛造はおかしそうに唇を緩めたものの、特に言及はせずに席を立った。

「期限は一週間だ。来週のこの時間に迎えをやるから、家に来て金庫を開けてくれ。もちろん、あんたらに危害は一切加えねぇよ。たとえ金庫が開かなかったとしてもな。荒鷹組の名に懸けてそれは保証する」

　剛造はジャケットの胸ポケットを探ると、マネークリップで留めた紙幣を一枚テーブルに置いた。

「相談料だ。それでここの支払いはしておいてくれ」

相談料は五百円だが、気前よく万札を置いて剛造は店を出ていく。

窓から様子を窺っていると、剛造が部下三人を引き連れて商店街を出ていく姿が見えた。

ほっと息をついて、銀次はすっかり冷めてしまったコーヒーを一口すすった。

「……大丈夫なのか。あんな依頼受けちまって」

「大丈夫じゃない？」

まるで当事者意識が感じられない言い草に顔を顰めれば、千早に肩を竦められた。

「生前の情報も少しわかったし、どうにかなるでしょ」

「情報があればどうにかなるもんなのか？　本当に、交霊ができたり……？」

銀次は未だに、どこまで千早の言葉が真実なのか計りかねている。この世の者ではない何かが見えるのでは、と思うこともあるが、そう考えた矢先にネタばらしのようなことをされるので判断がつかない。

そして今回も、千早の返答はどっちつかずなものだった。

「絶対生前の情報が必要ってわけじゃないけど、依頼人がどういう理由で故人を呼びたいのかとか、故人とどういう付き合いをしていたかがわかってる方が、話がスムーズに進みやすいから」

「どういうことだ？」

剛造と対峙していたときの折り目正しい姿勢を崩し、千早はテーブルに肘をつく。

「交霊の依頼は多いけど、霊能力者がどう振る舞うのが正解かは、依頼人にしかわからないってこと。たとえ本当に死者の魂を降ろしても、依頼人が期待していた言葉を口にできなかったらこっちが嘘つき呼ばわりされる。『あの人がそんなこと言うわけがない』『生前のあの人を知らないから勝手なことが言えるんだ』ってね。だったら最初から依頼人の望む答えを提示した方がいい」

「じゃあ、本当に交霊をするわけじゃなく、全部口から出まかせか？」

「全部が全部嘘じゃないよ。可能なら交霊もする。でも、多少脚色して伝えることはある。霊能力者なんて頼ってくる人たちは、大抵自分の中に『誰かに言ってほしい言葉』を持っていて、それを上手になぞってくれる相手を探してるだけなんだから」

「まあ、確かになぁ……」

納得したものの、結局千早が本当に交霊できるのかどうかはわからないままだ。先程の様子を見る限り、さすがに霊を降ろすことは不可能そうだが。

（……実際は、度胸が据わってて頭が回るだけの、ただの女子高生なんだろうな）

胸の中で銀次は呟く。半分はそうであってほしいという祈りを込めて。

千早の平穏な高校生活のためにも。日々の自分の安眠のためにも。

剛造と面会した後、千早は特に変わったことをするでもなく土日を過ごした。銀次を引きつれて真っ赤なたこ焼き――赤いだけで別に辛くはなかった――や、尋常でなく伸びるトルコアイスを売る屋台に出向いたくらいで、剛造からの依頼を解決するための調査的なことは一切しない。

こんなことで剛造の親友が残した金庫の暗証番号などわかるのだろうかと気が気でないが、当の本人が「まだ時間もあるから大丈夫」と言うのだからどうしようもない。

週が明けて月曜日、銀次はいつものように千早を学校に送り届け、公園のベンチに座って学校が終わるのを待った。先週はうっかりトイレに立って千早を見失ってしまったので、今日は水分を摂るのも控え目にしている。

正午を過ぎると、校舎からうっすらと生徒たちの笑い声が響いてきた。昼休みに入ったのだろう。銀次も朝食と一緒に買っておいたパンを取り出し、ベンチに座ってそれを食べた。

平和な喧噪に耳を傾けているとチャイムの音が鳴り響き、潮が引くように学生たちの声も引いていく。午後の授業が始まったようだ。

空になったパン袋を丸め、銀次は大きく伸びをした。今日は天気も良く、日差しが暖かい。広い公園内は人気も少なく静かなものだ。柔らかな風が項《うなじ》の辺りを撫で、銀次はあくびを噛み殺した。

千早の護衛中、一番厄介なのは午後の眠気だ。うっかり寝過ごしてまた千早を見失っては大変なので、必死で瞼に力を入れる。が、気がつくととろとろと瞼が落ちてきてしまい、何度も首を横に振った。

再び校舎からチャイムの音がした。午後一番の授業が終わったか。残りあと一時間。校舎でも、午後の授業を受ける生徒たちがこうして眠気と闘っているのかもしれない。

(眠気覚ましに顔でも洗うか……)

銀次はベンチを立ち、公園の隅にある水道へ向かった。公園の入り口を振り返り、千早らしき人物が校門から出てこないことを確認して水道の蛇口をひねる。

両手で水を受け止め、ざぶざぶと顔を洗った。春先と比べるとかなり水はぬるんでいたが、それでも少しは眠気も晴れる。いっそ頭から水をかぶりたいくらいだが、さすがにびしょ濡れになるのでやめておこうと顔を上げかけた、そのときだった。

ごっ、という低い音が骨を震わせ、後頭部に激痛が走った。

息が止まる。ぐらりと体が傾いたが意地で踏みとどまった。過去の経験から、ここで膝をついたらろくなことにならないと瞬時に判断したからだ。

水場から飛びのき、顎先から滴る水もそのままに振り返れば、水道の向こうに四人の男が立っていた。一人は金属バットを持っている。どうやらあれで後頭部を殴られたようだ。

男たちは二十代から三十代。スラックスにシャツを着て、その気になればすぐ人込みに紛れ込めそうな格好をしている。以前千早を襲った白いマスクの男たちとは違うようだ。

(荒鷹組か……!?)

剛造の依頼が解決するまでは一切の手出しがないだろうと無意識に思い込んでいた銀次は混乱して、一瞬動きが遅れる。

不意を衝かれて後ろに回り込まれ、膝の裏に鋭い蹴りを叩き込まれて体がぐらついた。別の男がバットを振り上げ、頭頂部に衝撃が走る。

いかに頑丈な銀次でも、さすがに何度も頭にバットを振り下ろされてはたまらない。低く呻いて額を押さえると、掌にぬるりとした感触があった。額でも割れて出血したか。片目が血でふさがる前に、銀次は手近にいた男に躊躇なく拳を叩き込んだ。

みぞおちに銀次の拳を食らった男が苦し気な声を上げて体をくの字にする。頭を下げた男の首裏に体重をかけて肘を叩き込み、よろけた体を蹴り飛ばした。

地面に転がった男には目もくれず、銀次は残りの三人を振り返る。相手の顔色を見ることもせず、とにかく一番近くにいた男の胸倉を摑んで鼻っ柱に頭突きを食らわせた。相手の鼻からぱっと血が散ったが、構わずもう一発頭突きを叩き込む。さらにもう一発食らわせようとしたところで、別の男に後ろからしがみつかれた。

動きを封じるように腋の下に腕を入れてきた男を振り払うべく、激しく体を震わせた。しかし背後の男もしゃにむにしがみついて離れない。すでに一人は地面に転がったまま動かず、もう一人は鼻と口を押さえてしゃがみ込んでいるのだから相手も必死だ。

銀次は自分を押さえつける男の足を容赦なく踵で踏みつけた。全体重をかけてやると背後で悲鳴じみた声が上がる。この様子を見るにあまり実戦には慣れていないようだ。対する銀次は喧嘩慣れしている。背後の男の向う脛を容赦なく蹴り上げると、痛みに耐えきれなかったのか銀次を拘束していた腕が緩んだ。

今度こそ相手の腕を振りほどこうとしたが、バットを持った男が銀次の前に躍り出る方が早い。側頭部に一発食らったと思ったら、後はもう狙いも何もなくめちゃくちゃに殴りつけられた。

額から流れた血が目に入って片目が見えない。背後にいた男も、バットを持った男の援護で気力を取り戻したのか、必死で銀次を押さえ込んでくる。

再び頭部に衝撃が走り、口の中に鉄臭い臭いが広がった。頬を流れ落ちる血が口に入ったか、それとも鼻血でも出たか。

銀次は獣のような咆哮を上げると、背後の男のみぞおちに肘鉄をめり込ませた。骨も折れよとばかり叩き込んだ肘を受け、男が苦悶の声を上げて腕を緩める。そのまま地面にうずくまって動かなくなったが、銀次の方もたたらを踏んで、まっすぐ立つことすらできなかった。

視線を水平に保てない。目の前の男が再びバットを振り上げ、くそ、と口の中で悪態をついたとき、突然男が真横に吹っ飛んだ。

まるでバイクに跳ね飛ばされたような勢いに驚いて目を見開いたが、目に血が入ってよく見えない。そうでなくとも目の前がちかちかして立っていられず、荒い息を吐きながらその場に腰を落とした。

周囲で怒号と悲鳴が上がるものの、もう顔を上げることもできない。深く俯いて肩で息をしていると、目の前にふっと影が落ちた。

「こりゃ派手にやられたな」

聞き覚えのある声に顔を上げると、そこには剛造が立っていた。今日もステッキをつき、頭にはパナマ帽をかぶって、ベージュの三つ揃いを着ている。その背後には、先日商店街で見た黒服たちの姿があった。男たちは銀次を襲った輩をまとめて摑み上げ、ずるずるとどこかへ引きずっていくところだ。

剛造は黒服に連れられていく男たちを横目で見遣り、軽く帽子を上げた。

「うちの若い衆が手荒な真似をしてすまんな」

「……やっぱり、あれは……荒鷹組の……」

喋ったら、喉の奥にどろりと血が流れ込んできて激しく咽《む》せた。額から流れ落ちる血で顔が濡れているためよくわからなかったが、どうやら鼻血も出ているようだ。

どういうつもりだ、と尋ねようにも声が出ず、銀次はぎろりと剛造を睨み上げる。

「最初に言っておくが、俺の指示じゃねぇぞ」

「……っ、だったら……っ！」

「ほら、無理に喋るな。向こうに車を止めてあるから乗れ。手当てしてやる」

銀次は咳き込みながらも無理やりその場に立ち上がった。殴りつけられた頭や顔、肩の辺りが燃えるように熱かったが無視だ。なんとか息を整え、シャツの袖口で乱暴に顔の血を拭う。

「……駄目だ。あいつがそろそろ出てくる。家まで送り届けねぇと」

「それなら俺たちが送ろう」

「信用できるか！」

腹の底から声を出したら、また視界が傾いた。血を流しすぎたのかもしれない。それでも両足を踏ん張って剛造を睨みつける。

「あいつは俺が守るって約束したんだ。手ぇ出すな」

血の混じった唾を吐き、銀次は剛造に背を向けた。

とにかくこの血をどうにかしなければ。幸い公園内には人気がなく、乱闘中に警察が駆けつけてくることこそなかったが、こんな格好をしていたらすぐに誰かに通報される。

ふらふらと水道に向かって歩いていくと、背後から剛造に声をかけられた。

「お前が守ってるのはお嬢ちゃんじゃなく、上からの命令だろう？」

銀次は一瞬足を止めたが、何も言わず水道に向かった。特に否定するようなことでもない。自分は源之助の命令で千早を守っている。それだけだ。

——いや、それだけだろうか。

頭に血が回っていないせいで、剛造の言葉をきちんと咀嚼するまでに時間がかかった。

否定しないのは違う気がして振り返ったが、そのときにはもう、公園内には剛造も黒服も、銀次を襲った男たちの姿もなかった。

暮れの空にチャイムの音が鳴り響く。

銀次はいつものようにベンチに腰掛け千早を待った。腕を組み、何食わぬ顔で。しばらくすると、校門から千早が出てきた。

いつもなら、千早は銀次を一瞥するだけで声もかけずにベンチに座る。今日もそうなることを期待したが、さすがの千早も今回ばかりは銀次のありさまを無視できなかったらしい。こちらの顔を見るなり血相を変えてベンチに駆け寄ってきた。

「どうしたの、それ！」

剛造たちが去った後、一応応急処置をしたので出血は止まっているはずだ。血しぶきの飛んだシャツも水で洗ったが、顔にはひどい違和感が残った。鏡は見ていないが、一目でわかる程度に腫れているのは間違いない。

滅多なことでは動揺しない千早もこれには驚いたようで、身を屈めて銀次の顔を覗き込んでくる。

「まさか事故にでも遭ったの!?」

喧嘩を通り越して事故に遭遇したと疑われるほどひどい顔をしていることはよくわかった。銀次は千早から顔を背け、痛みをこらえて口を開けた。

「なんでもねぇよ」

「そんなわけないでしょ！」

「いいから、お前は店番しろ」

千早は信じられないと言いたげな顔をして、鋭く銀次を睨みつけた。

「今日は仕事しない。帰る」

言うが早いか踵を返して公園を出ていく。銀次は痛みに顔を顰めながらも、よろよろとベンチを立って千早の後に続いた。

学校の前を歩くときも、河原を歩く間も、駅前を通り過ぎてからも、千早は一度も銀次を振り返らなかったし、何があったのか尋ねようとはしなかった。

何も言わないのは怒っているからかと思ったが、千早の足取りがいつもより遅いことに気づいて考えを改める。怪我を負って足を引きずるように歩く銀次に歩調を合わせてくれているところを見ると、こちらを気遣ってくれてはいるようだ。

互いに無言のまま歩き続け、家の前まで到着するとようやく千早が振り返った。その口から飛び出したのは、こちらを見上げる目つきと同じくらいに鋭い声だ。

「私は今日、もう家の中から出ない。だから貴方も帰って。傷の手当てをして」

「そういうわけには……」

上手く口が開かないので不明瞭な声で返事をすると、千早が一歩前に出て銀次との距離を詰めてきた。

「もしもどうしても外に出なくちゃいけなくなったら、必ず貴方の携帯電話に連絡する。約束するから、信じて」

声尻に、懇願するような響きが混ざる。いつだって無表情を崩さなかった千早の目が不安げに揺れていて、こんな顔は初めて見たと思った。

ここで突っぱねたら、千早は明日から自分の護衛を拒むかもしれない。そんな予感を覚え、渋々ながら頷いた。

「わかった……。その代わり、何かあったら連絡しろよ。絶対だぞ」

「当然でしょ。貴方こそいつまでも家の前にいたら通報するから」

再び強い口調に戻って家の中に入っていく千早を見送り、溜息をつく。沢田に事情を説明して、代わりの者を護衛につけてもらい自分は帰るしかなさそうだ。

携帯電話から沢田にメッセージを送ると間を置かず返事があった。すぐに交代できる者を向かわせるので、銀次はこのまま帰っていいとのことだ。

申し訳ないとは思ったが、さすがに体中ぼろぼろだ。足を引きずるようにして歩き出したところで、銀次の横を白い車が走り抜けた。

車体の長い外国車だ。車はゆっくりと減速して、少し先で停止する。

後部座席の窓が開き、顔を見せたのは剛造だった。

剛造は、強い警戒の表情を隠すことなく立ち止まった銀次を見て苦笑を漏らす。

「さっきはすまなかったな。お嬢ちゃんも無事に帰ったようだし、改めて手当てをさせてくれ」

「……どういう風の吹き回しだ。あんたが指示したことだろう」

「違う。いいから乗りな、後ろから車が来ちまう」

助手席から黒服の男が降りて銀次に近づいてきた。断れる状況ではなさそうだと悟り、銀次は男が開けた後部ドアから車内に乗り込んだ。

以前乗った源之助の車と同じく、この車も運転席と後部座席が完全に仕切られている。後部座席には剛造の姿しかない。

「うちの掛かりつけ医のところに連れていってやるから、もうしばらく辛抱しな」

銀次は抜け目なく剛造の様子を窺い、何かあったらすぐ車から飛び降りられるようドアのすぐ近くに腰を下ろす。剛造はそんな銀次を見て「そう警戒するな」と笑った。

「警戒するに決まってんだろ。あんなふうに襲われて……」

「そうだな、悪かった。俺もまさか、組の連中が勝手に動くとは思わなかった」

「……あれは、あんたの指示じゃなかったのか？」

どこまで信じていいのかわからないが、剛造が銀次の窮地を救ってくれたのは事実だ。

結論を出せず黙り込む銀次を眺め、剛造はおかしそうに目を細めた。

「お前、本当に組織の末端も末端の下っ端なんだな」

「……どういう意味だ？」

「俺の言うことを信じるかどうか迷ってるだろう。ちょいとでも松岡組の組織に食い込んでる連中ならそう迷わない。うちの組が分裂しかかってることは有名だからな」

銀次は目を見開こうとして、顔面に走った痛みに顔を顰めた。

怪我のせいで上手く表情も作れない銀次を笑い飛ばし、剛造は革張りのアームレストに肘をついた。

「お前さんには迷惑をかけたからな。身内の恥だが、説明しておこう」

剛造によると、荒鷹組は現在三つの派閥に分かれているという。組織の半分以上を占める大きな派閥は剛造が仕切っているが、残りは剛造の従兄弟二人がそれぞれ指揮を執っているらしい。

「俺の祖父さんは女遊びが派手でね、俺の親父には、腹違いの兄弟が三人もいた。祖父さんが亡くなったときはかなり大きな跡目争いが起こったらしいが、なんだかんだ本妻の子だった俺の親父が組を継いだ。ところが親父は癌で早々にあの世に逝っちまって、俺が跡を継ぐか、それとも三人の叔父が継ぐかで当時は大騒ぎだった。何しろ親父が死んだとき、俺はまだ中坊だったからな」

話がまとまるまでには血なまぐさいやり取りもあったようだが、最終的に先代の跡は剛造が継ぐことになり、成人するまでは叔父たちがその後継人になることが決まった。

「叔父たちも亡くなって、今はその息子二人が虎視眈々と俺の後釜を狙ってるってわけだ。あいにく俺には子供もいないしな。お前のところの社長を狙ったのも、さっきお前を襲ったのも、従兄弟たちの差し金だろう」

「組長はともかく、なんで俺を……？」

「俺が直々にお嬢ちゃんに会いにいったもんだから、どんな相手か気になってしょうがないんだろう。で、お嬢ちゃんに声をかけようとしたら、それを護衛するお前が目に付いたってとこか。俺を出し抜きたくて仕方ないのさ。つまらんことに巻き込んで悪かったな」

剛造は、組織のトップに立つ者とは思えぬ素直さで謝罪の言葉を口にする。思いがけず真摯な対応に、それまで斜に構えていた銀次も姿勢を正さざるを得なくなった。

剛造の言葉が事実なら、剛造自身は源之助や千早に危害を加えるつもりはなさそうだ。ならば、剛造個人のことは不必要に警戒する必要はないのだろうか。

「まあ、従兄弟二人には俺から少し灸を据えておく。ここは勘弁してやってくれ」

無言で剛造の言葉に耳を傾けていた銀次は、ふと違和感を覚えて口を挟んだ。

「待てよ、確か先代の組長には腹違いの兄弟が三人いたんだろ？　だったらあんたの立場を狙ってる連中も三人はいるんじゃないのか？　それとも、少なくとも一人はあんたの味方ってことか？」

「お、案外耳ざといな。気づいたか」

剛造は愉快そうに笑い、世間話でもするような気楽さで言った。

「叔父の一人は、俺が二十歳になる頃に死んだよ。うちの組を裏切って制裁を受けた。骨も残らなかった」

最後の言葉は、おそらく比喩ではないのだろう。口元に浮かべた笑みはそのまま、剛造の目元が翳る。

「あの男の裏切りのせいで、俺はこの上もなく痛い目を見た。若かったとはいえ愚かだったね。そのせいで組も転覆しかけて、本当に何もかも失うところだった。だから俺は裏切り者を見過ごさない。今回の件も、内部の情報を漏らすような輩がいるなら確実に特定しておきたい」

剛造の声は静かだ。それなのに車内の空気はぴんと張り詰め、重苦しいほどの緊張感に銀次は身じろぎさえできなくなる。

目の前にいるのは荒鷹組をまとめ上げる男なのだとようやく実感した気分だ。はずみで顔の筋肉を動かしてしまったようで、痛みに眉を寄せた。それに気づいた剛造が、ふっと表情を和らげる。

「にしても、お前もなかなかの大立ち回りだったな。四対一でよくやったもんだ。あそこまで身を挺してお嬢ちゃんを守るとは思わなかったが」

「……そう命令されてるんだから、当然だ」

「そうかい。松岡の社長はあのお嬢ちゃんに本気で恩義を感じてるんだな。しかしどうなんだろうね。社長はお嬢ちゃんの言葉を信じてるのか？　死んだ人間が危機を教えてくれたって？」

尋ねられたところで銀次にもよくわからない。源之助とまともに話をしたのは一度限りだ。しかし、源之助は千早を信じているように見えた。少なくとも、千早が荒鷹組の人間からその情報を得たとは思っていなかったようだ。

素直にそう伝えると、剛造が軽く目を眇めた。

「そうか。だったらお前はどうだ？　お嬢ちゃんの力を信じるか？」

銀次はこれにも即答できず黙り込む。もしかしたら、と思うこともあるが、千早の言動にはいつも、勘違い、思い違いで押しきれてしまう隙があった。

銀次は俯いて自身の手を見詰める。

千早はただの女子高生だ、と言ってしまいたかった。銀次がそう思い込みたいからだ。でなければ千早を守り切れないかもしれない。人間ならともかく、人ならざる者と対峙するのはごめんだった。勝てる気がしない。

黙り込んでいると、ふいに剛造がくつくつと笑い出した。

「お前、でかい図体してこの手の話は苦手なんだな」

「な……っ、べ、別に、俺は……っ」

苦手じゃない、と言い返そうとしたが、銀次が顔を上げるのを待っていたように、剛造がこちらに体を寄せてきた。

「俺の勘だが、あのお嬢ちゃんは本物かもしれん。これ以上深入りする前に手を引いた方がいいんじゃねぇか？」

剛造の目が炯々《けいけい》と光る。まさか、と呟こうとしたが、唇が震えるばかりで声が出ない。

硬直する銀次を見上げ、剛造は薄く目を細めた。

「着いたみたいだぞ」

気がつけば、窓の外を流れていた景色が止まっていた。目的地に到着したらしい。

助手席から黒服が出てきて後部座席のドアを開ける。外は駐車場のど真ん中だ。駐車場の向こうには四階建ての病院が建っていた。

「受付で俺の名前を出せばすぐ診てもらえるはずだ。話は通してある。治療費はこっちで持つから心配すんな。詫び料だ」

黒服がドアを閉める。剛造は窓を開け「帰りは自分でどうにかしろよ」とだけ言った。

銀次は迷ったものの、剛造に深く頭を下げた。源之助を襲ったのは剛造の指示ではないという言葉をすべて信じたわけではないが、こうして病院に連れてきてもらったのは事実だ。松岡組の端くれとして、最低限の礼儀は通さなければ。

「お前は馬鹿真面目だなぁ」

笑いを含んだ剛造の声がして、車がゆるゆると発進する。銀次はどんな顔をすればいいかわからず、エンジン音が遠ざかるまでずっとそうして頭を下げていた。


病院では、想像していたよりずっと大掛かりな検査をされた。頭を殴られていたせいかCT検査までされたのだ。結果は特に異状なし。頭の傷も縫うほどではないらしい。消毒液と化膿止め、鎮痛剤を山ほど渡されて帰ってきた。

病院からは駅と病院をピストン輸送するバスが出ていて、銀次はバスで最寄り駅まで帰った。アパートに着くや敷きっぱなしの布団に倒れ込み――その後の記憶がない。

喉の渇きを覚えて目覚めると、つけっぱなしの電気が煌々と室内を照らしていた。緩慢に顔を上げ、ちゃぶ台に置かれた時計を確認する。深夜の二時だ。あのまま眠ってしまったらしい。

起き上がると体の節々が痛んだ。顔も熱を持っている。そういえば病院からもらってきた薬を飲んでいない。銀次はふらふらと立ち上がると、ちゃぶ台の上に置かれていた薬を手に台所に向かった。

数種類の錠剤を口に含み、蛇口をひねって両手で水を受け止める。手の中に溜まった水で薬を飲み下しながら、コップの一つも買うべきかな、と思った。このアパートで暮らし始めて一ヶ月が経つが、相変わらず物は少ない。冷蔵庫も洗濯機もなく、せいぜい増えたのはちゃぶ台と布団、あとはカレンダーと時計くらいのものだ。

（……それから、あいつが置いてった塩）

押入れの隅に置かれたピンク色の箱を思い浮かべた、そのときだった。

奥の部屋から大きな音が響いてきて、銀次はびくりと身を竦ませた。何事かと振り返ったが室内には誰もいない。押入れも閉まっている。視線を走らせ、窓ガラスに何かがぶつかった音だと気づいた。

これが真昼なら、銀次はとっくに窓を開けて外の様子を見ていた。しかし今は真夜中である。しかも深夜二時。丑三《うしみ》つ時《どき》は一番心霊現象が起きやすい、と子供の頃にテレビで見てしまっただけに動けない。

緊張で、見る間に指先が冷たくなった。速度を上げる拍動に合わせ、顔の傷がずきずきと痛む。

窓の向こうで何が起こっているのか見極めるべく目を凝らした次の瞬間、再び窓ガラスが低く震えた。窓を殴りつけるような音だ。それは一度で終わらず間断なく続き、銀次は情けない悲鳴を上げてその場にしゃがみ込んだ。

(なんだ、なんだ、なんの音だ!?)

誰かが窓ガラスを叩き続けているとでもいうのか。こんな真夜中に？　ありえない。だが音は続いている。金属のような固い物がぶつかる音ではないのでガラスが割れることはなさそうだが、それでも銀次は身動きが取れなかった。こんなことならマシンガンでも乱射してくれた方がまだましだ。音の正体がわからないのが一番怖かった。

しばらく台所で頭を抱えてうずくまっていると、ふいに音が止んだ。

銀次は恐る恐る顔を上げる。そのまたっぷり五分は様子を窺っていたが、震える足で立ち上がって、おっかなびっくり奥の部屋へ向かった。

窓にはレースのカーテンがかけられている。その上室内が明るいので、外の様子はよく見えない。

銀次は両手でシャツの前を握りしめ、腹をかばうような格好でそろそろと窓辺に立った。しばらく待っても外から物音はせず、覚悟を決めてカーテンに手を伸ばした。しかし、なかなかカーテンを引くことができない。

窓の向こうに何かがいるかもしれない。人間ならばいい。腕力で追い返せばいいだけの話だ。問題は、そこにいるのが人でなかった場合である。ぽつんと誰かが立っているだけでも気味が悪いが、もしも闇の中にうっすらと、血まみれの顔だけが浮かんでいたりしたら——。

自らの想像に追い詰められて息が浅くなる。時間が経つほど妄想が膨らんでいくのはわかりきっていて、銀次は思い切ってカーテンを横に引いた。

果たして窓の向こうには、人らしき姿はなかった。血まみれの顔も浮かんでいない。しかし銀次は悲鳴を上げかけ、両手で勢いよく口をふさいだ。傷口が痛んだがそれどころではない。

銀次が凝視していたのは、窓の外ではなく、窓そのものだ。

ガラスには、無数の手の跡がついていた。

手形は泥にまみれている。動転しつつも庭に目を向けるが、犯人らしき者の姿はない。

そもそもこれは、人間がつけた跡なのか。

ぞぉっと背筋の産毛が立ち上がり、銀次は覚束ない手つきで勢いよくカーテンを閉めた。厚手の遮光カーテンも一緒に閉め、完全に外が見えない状態にしてしまう。

片手で口を押さえたまま、ネジが飛んだように不安定に揺れる膝を動かして台所に戻った。心臓がかつてないほどの早鐘を打ち、拍動に合わせて視界が明るくなったり暗くなったりする。ようやく口から手を放し、せき止めていた息を一気に吐いた。

しばらくは台所の調理台に縋り付くようにして立っていたが、そこに放置されていた薬の袋を見て、一つの可能性に思い至る。

（もしかして、これも荒鷹組の嫌がらせじゃねぇか？）

昼間銀次を襲った連中がこのアパートを嗅ぎつけ、こんな嫌がらせをしてきたのかもしれない。

白昼堂々、金属バットを振り上げてくるような輩がこんなちゃちな嫌がらせをするかどうかはこの際問題ではない。そういう可能性があるというだけで十分だ。その事実に縋り付いて、銀次はなんとかかんとか腰を伸ばした。

「下らねぇことしやがって」

わざと口に出して言ってみたが、自分でも滑稽なほど声は震えたし、誰もいない部屋に自分の声が吸い込まれて余計に静寂が際立ってしまった。

「風呂にでも入るか！」

少しでも沈黙を断ち切りたくて、自ら宣言して脱衣所に向かった。

脱衣所といっても洗面台があるわけではない。風呂場の前にあるわずかなスペースを便宜上そう呼んでいるだけだ。試着室くらいの狭さで、正面に風呂場のドア、左手にトイレのドアがあり、右手の壁には鏡が打ちつけられている。

銀次はばさばさと音を立てながら上着を脱ぎ、窓に残った手跡を思い出して鼻で笑った。

「脅かすつもりなら、せめて血のりくらい使えばいいじゃねぇか。泥じゃ雰囲気もでねぇよ。山道でも登ってきたのかっての」

山道、という言葉が出たのはただの偶然だった。

偶然だったのに、そんな些細な一言から、銀次はふいに思い出してしまう。

そういえば、剛造の親友が亡くなったのは山の中だったな、と。

「ば……っ、か野郎……」

両手で顔を覆い、自分で自分に悪態をついた。

なぜ今こんなことを思い出すのか。怯えているときに限って、一つの事柄から脳があれこれ連想し、思い出さなくてもいい記憶まで掘り起こしてしまうのはなぜなのか。

余計なことは考えまいと、銀次は両手を覆う顔を下ろしてシャツを脱ぎ落とす。気を逸らすつもりで傍らの鏡に顔を近づけ、顔の腫れを確かめた。

鏡に映った自分の顔は全体的に腫れているし、唇の端も切れている。一番目立つのは左目の上の青痣だ。瞼も半分ふさがってしまっているが、こんな顔で千早の後ろを歩いていたら職務質問などされないだろうか。どこかで眼帯でも買ってくるか。

溜息をついたら鏡が白く曇った。その曇りが消えていくのをぼんやりと眺めていた銀次は、次の瞬間ぎしりと全身の関節を緊張させた。

銀次の真後ろ。

鏡の前に立つ銀次に重なるようにして、誰かいる。

「──……」

今度こそ息が止まって、銀次はその場から動けなくなった。

銀次が動きを止めても、背後にいる人物は微動だにしない。声を上げるでなく、銀次に襲い掛かるでもなく、ただそこに立っている。

銀次は息を詰めたまま、ぎこちない動作で体をわずかに横にずらした。

背後にいる人物の姿が鏡に映る。白っぽいグレーのスーツを着た、男だ。短く髪を刈っているが、深く俯いているせいでどんな顔をしているのかはよくわからない。体格は銀次と同じくらいだろうか。

ジャケットの前ボタンは留められておらず、前身ごろがだらしなく左右に分かれている。サイズが合っていないのだろう。よく見ると肩回りが窮屈そうだ。

銀次はぎくしゃくと首を回し、ようやく少しだけ背後を振り返る。

もしも後ろから殴り掛かられたらすぐにも応戦するつもりだった。喧嘩なら慣れている。恐ろしくはない。

だが、後ろにいる者は怖い。正体が知れない。どうやって自分の背後に立ったのかまるでわからなかった。これだけ狭い部屋だ。どんなに息を殺しても、部屋に侵入するときの物音は隠せなかったはずなのに。

俯き気味に振り返ると、相手の足元がちらりと見えた。靴を履いている。泥のこびりついた白いスニーカーだった。スーツの裾も泥で汚れ、まるでぬかるんだ道を歩いてきたかのようだ。

外は雨が降っているのだろうか。

雨音は聞こえない。自分の心臓の音が耳について、何も聞こえない。

恐怖に呑まれそうになりながらも視線を上げ、相手の顔を確認しようとしたそのとき、突然辺りが闇に包まれた。同時に後ろから肩を摑まれ、銀次はこらえきれずに悲鳴を上げる。目を見開いても何も見えず、獣のような自分の声にまた恐怖心を引きずり出され、そこで銀次の精神は限界を迎えた。

長々と尾を引いた自分の悲鳴が遠ざかり、上も下もわからない闇に呑み込まれる。

どっと床に倒れ込み、銀次は恐怖から逃れるように意識を失ってしまったのだった。

翌朝、銀次は腫れぼったい目を瞬かせながら千早の家を見上げていた。瞼の腫れはまだ引いていないが、昨日よりましになっているので眼帯などはつけていない。ただ、こうして立っていると背中と腰が痛かった。強張った体をほぐすようにぐるりと腕を回していると、家から千早が出てきた。

千早は銀次に気づくと、まっすぐこちらに歩いてきた。これまでは銀次を顧みることなく自らの目的地へ大股で歩いていくばかりだったというのに、珍しい行動だ。

「ちゃんと手当てした？」

朝の挨拶も抜きで千早は尋ねる。銀次は頷いて、千早から軽く目を逸らした。

「病院行って、薬もらってきた。検査もしてもらったが、特に異状はないってよ」

「そう……。ならいいけど」

千早は銀次の腫れた目元を見て眉を寄せたものの、それ以上の言葉はなく銀次に背を向ける。必要以上に干渉してこないのはいつも通りだ。

銀次は普段のように千早の数歩後ろを歩く。だが、気がつくといつもより千早との距離が離れてしまう。銀次の足が鈍っているせいだ。傷が痛むわけではなく、なんとなく千早に近寄りがたかった。

駅前を通り過ぎて河原までやってくると、急に千早がこちらを振り返った。銀次から声をかけたわけでもないのに、こうして自ら千早が振り返るのも珍しいことだ。

「何かあった？」

いつもより互いの距離が開いていることに千早も気づいているらしい。銀次は大股で千早に歩み寄ると、短く「別に」と答えた。

普段より口数が少なく、表情も暗い銀次を見上げ、千早は片方の眉を上げる。

「怖い夢でも見たとか？」

曖昧に頷きながら、夢ならよかった、と思う。

今朝、携帯電話のアラームで目を覚ました銀次は、風呂場に足を向けた格好で脱衣所に倒れ込んでいた。室内の電気はつけっぱなしだ。慌てて起き上がって部屋の中を検めたが、昨日鏡越しに見た男の姿はどこにもなかった。そして不思議なことに、脱衣所の床には少しの泥も残っていなかった。男は濡れた泥にまみれた靴を履いていたはずなのに。

侵入者が床を掃除したとも思えない。もしや夢でも見たのかと思ったが、窓辺のカーテンを開けて絶望した。ガラスにはしっかりと無数の手形が残っていたからだ。

（あれは、本当に、いた）

規則正しく動く千早の踵を見詰めながら銀次は確信する。

押入れの襖が開いていたとか、点検口がずれていたとか、そういう話ではない。今回は何かがいた痕跡が残っている。気のせいでもなければ夢でもなく、銀次の部屋には何かが現れたのだ。

いるのか、いないのか、判然としない者が、形を伴い現れた。作り話だと思った心霊現象は起こり得る。

それならば、前を歩く千早はどうだ。

本当に霊能力者だとでもいうのか。

ぞくりと背中に悪寒が走って身震いした。

朝まで半裸で床の上に転がっていたせいか、今日は朝から体の節々が痛む。折に触れ背筋がぞくぞくするし、妙に肩も重いが風邪でも引いたか。

歩きながら腕を回していたら、前を歩いていた千早が急に足を止めた。道の真ん中で立ち止まり、ゆるい傾斜のついた土手を指さす。

「ちょっとそこに座って」

「は？　なんだ急に」

「いいから」

有無を言わさぬ口調に逆らえず、銀次は言われるまま土手を下りて芝に腰を下ろした。背後に千早が立って身を屈める気配がする。

「おい、何する気だ？」

「おまじない。今から背中に星のマークを三回描くから、集中して」

こんなふうに、と言いながら千早が銀次の背中に指を当てる。ゆっくりとなぞられたのは、一筆書きの星のマークだ。

「これを三回描いたら体が軽くなるから」

「なんだ、そりゃ」

「いいから。肩の力を抜いて、目も閉じて。もう一度言うよ、背中に星のマークを三回描いたら、体が軽くなる。ちゃんと指の動きに合わせて頭の中で星の形をイメージして」

言いながら、千早は肩甲骨より少し上、背骨の真上に指を置く。

ゆっくりと千早の指が滑り出し、訳がわからないながら銀次は目を閉じた。斜め下に滑り、一度止まって、今度は右の肩甲骨に向かって指は進む。そこから左の肩甲骨へまっすぐ進み、今度は右の脇腹へ。さらに指先は左上に上がり、最初に指を置いた場所に戻る。

「一回」

千早の静かな声が耳を打った。指先は再び同じ軌跡をなぞる。その動きに合わせ、瞼の裏に星の形がちらつき始めた。

二回、三回と同じマークを描いて、最後に千早は銀次の背中を少し強めに叩いた。

瞬間、喉の奥から空気の塊が飛び出した。驚いて息を吸うと、思ったよりも大量の空気が肺に流れ込んでくる。そうしてみて初めて、直前までの自分が浅い呼吸しか繰り返していなかったことに気がついた。

「どう、効いた？」

背後から尋ねられ、銀次は呆然と千早を振り返る。

背中に星のマークを描かれただけなのに、最初に千早が宣言した通り、驚くほど体が軽くなっていた。節々の痛みも飛んでいる。寒気も感じない。

「……効いた。何したんだ？」

千早は屈めていた身を起こし、「おまじない」と言って土手を登り始める。銀次も慌ててその後を追いかけた。

「待て、マジでなんだったんだ今の、ま、まさか……」

除霊では、と思った。

昨日の男はやはり幽霊の類で、自分にとり憑いていたのではないか。固唾を呑んで返答を待っていると、思いもかけないことを言われた。

「おまじないだって。催眠術とも言うけど」

「……催眠？」

不意打ちに足が鈍ったところで、唐突に千早が振り返った。

「貴方は足が動かなくなる」

言われた途端、銀次の足がぴたりと止まった。あっ、と目を見開いた銀次を見て、千早は呆れたような顔をする。

「本当にかかりやすいね」

「い、いや、今のは、お前が急に立ち止まるから……！」

「でもまだ足、動かないでしょ」

まさか、と笑って歩きだそうとしたが、妙に足が重い気がする。戸惑って動けずにいたら、千早がパンと手を叩いた。

「はい、もう動けるよ」

「……本当だ」

「つまり暗示。動けないと言われたら動けない気がするし、体が軽くなると言われたら軽くなる気がする。痛いの痛いの飛んでけってやつと一緒。でも、大人がこんなに簡単に暗示にかかるとは思わなかった」

千早は身を翻し、いつもの調子で説明をする。馬鹿にされているのはわかったが怒りはわかず、むしろほっとした。千早が施したのは除霊ではなく、子供だましのおまじないだ。

それに、体が軽くなったのも事実である。

「……ありがとよ」

千早の背中に向かって礼を言う。振り返らないが、きちんと声は届いただろうか。

気がつけば、一度は離れた千早との距離が元の近さに戻っていた。


千早が学校に入っていくのを見届け、銀次はいつものように向かいの公園のベンチに腰を下ろした。時間を経るにつれ校門を潜る生徒の数はまばらになり、やがてチャイムが鳴り響く。授業が始まったようだ。

銀次は固く腕を組み、校舎だけでなく公園内にも鋭く視線を走らせた。また荒鷹組が襲ってくるかもしれず、待機中でも気は抜けない。

気の休まらないまま午前を過ごし、そろそろ昼休みになろうかという頃、公園の入り口に車が止まった。見覚えのある白の外車だ。注意深く窺っていると、後部座席から剛造が降りてきた。

背後に黒服の部下を二人引き連れて公園に入ってきた剛造は、銀次の顔を見ておかしそうに笑った。

「これはまた、いい面構えになったもんだ」

何か言い返すより先に、剛造は断りもなく銀次の隣に腰を下ろす。黒服たちはベンチの後ろに立ち、静かに辺りを警戒しているようだ。

「……なんの用だよ」

剛造はパナマ帽のつばを引き、口元だけで微笑んだ。

「ちょっとした報告だ。昨日お前を襲った連中は特定して、こっちでこってり絞っておいた。だからと言っちゃなんだが、あまり事は荒立てないでくれ」

銀次は軽く目を瞠る。銀次のような下っ端のために、荒鷹組の組長がわざわざ手を下したことが信じられなかった。しかも律儀にその報告までしに来たのだ。その気になれば、銀次を海に沈めて知らぬ顔を決め込むこともできるはずなのに。松岡組にしたところで、銀次ぐらいの末端がどうなったところで目くじら立てることもないだろう。

黙り込んだ銀次を見て、剛造は軽く眉を上げる。

「自分の手で制裁を加えたいってんなら、いくらでも引き渡すが」

「い、いや、十分だ。その……わざわざ、連絡もらって、すんません」

最初こそ、源之助を襲うよう指示したのは剛造だと思い込んでいただけに態度が荒っぽくなってしまったが、そうでないなら話は別だ。医者も紹介してもらったし、まずは礼を述べる。

殊勝に頭を下げた銀次を見て、剛造は俯き気味に肩を震わせて笑った。何がおかしいのだろう。

実のところ、松岡組の正式な構成員ですらない銀次はヤクザ同士が他の組織の人間とどう付き合うのかよく知らない。よその組長とはいえ丁重に扱うべきではと思い行動を改めてみたのだが、違っただろうか。

剛造は口元に浮かんだ笑みを親指で拭い落とし、背後の黒服に視線を送った。

「今日はもう一つ、お嬢ちゃんに渡してほしいものがあって来たんだ」

すぐに黒服が銀次の前に回り込んで紙袋を手渡してきた。中を覗き込むと、洋服らしきものが透明なビニール袋に入っていた。

「俺の親友が死んだときに着ていた服だ。お嬢ちゃんの役に立つかと思ってな」

銀次はうっかり膝から袋を取り落としそうになる。正直、気味のいい物ではなかったが、剛造にとっては親友の遺品だ。震える指を伸ばし、そっとビニールに入った服を取り出した。

中に入っていたのはグレーのスーツだった。ところどころ泥で汚れている。昨日銀次が脱衣所で見た男が着ていた服と同じもののように見える。

紙袋には他にも、ビニール袋に入った靴が入っていた。泥まみれの白いスニーカーだ。これも見覚えがあった。泥はすっかり乾いているが、間違いない。

「……確かに、同じ服と靴だ」

震える声で呟けば、剛造が耳ざとくそれを聞きつけて身を乗り出してきた。

「今なんと？」

「い、いや、なんでもない……」

「それにしちゃ顔色が悪い。どうした、何かあったか。まさか、俺の親友に関わることか？」

「いや……」

「こっちは依頼人だぞ。何かあったのなら逐一報告しろ」

剛造が声の調子を厳しいものに変えた。銀次は迷ったものの、重い口を開いて昨日の出来事を話した。

夜中に目を覚ましたら急に窓ガラスが揺れ始めたこと、誰かが窓を叩く音がしたと思ったら急に静かになったこと、さらに、カーテンを開けたら窓に手形がついていたこと。

喋っているうちにあの瞬間の恐怖が蘇ってきて、銀次は口を閉ざした。

あのとき窓の向こうにいたのは何者だったのだろう。もしも音がしている最中にカーテンを開けていたらどうなっていたのか。鏡越しにちらりと見たあの男の顔を、正面から見てしまうことになったのか。

恐怖に呑まれ、背後に立っていた男の話を切り出すこともできず俯いていると、ふいに剛造が言った。

「お前、お嬢ちゃんから手を引け」

静かだが反論を許さない口調に、銀次は不快感も露わに眉を寄せた。

「なんであんたにそんなこと言われなくちゃいけねぇんだ」

「そんな調子じゃ、そう遠くない未来にお前の方が参っちまうよ。どうせならこの手の話に動じない、神経の図太い奴に護衛を代わってもらった方がいいだろう」

「そうはいかねぇ。組長はわざわざ俺を選んでくれたし、あいつにだって、俺が守るって約束したんだ」

「おや、仕事熱心なことだ。でもなぁ、お前の仕事は俺たちからあのお嬢ちゃんを守ることだろう？　俺たちが手を引けば、お前ももうお役御免ってわけだ」

「違う、あいつはあんたらの他にも妙なものに追いかけられてんだ。そういうのからも守ってやるって約束を……」

「そう上から命じられてるのか？」

銀次はぐっと声を詰まらせる。源之助から命じられたのは荒鷹組から千早を守ることだけだ。あの妙な仮面の男たちからも守れとは言われていない。

「でも、組長はあいつに恩を感じてる。他の連中にも目をつけられてると知れば、きっと黙っちゃいないはずで……」

「どうかな。お前のところの組長がお嬢ちゃんに護衛をつけたのは、組同士のいざこざに一般人を巻き込んじまったからだ。うち以外の連中がお嬢ちゃんを追いかけ回してるのが事実だとしても、そこまでは面倒見ないだろ」

悔しいが、剛造の言葉はもっともだ。

剛造はさらに追い打ちをかけるようなことを言う。

「この仕事が終われば、お前だって一端《いっぱし》の構成員に昇格するはずだ。そうなったら他の仕事だって忙しくなる。もうお嬢ちゃんにばかりかかずらわってもいられねぇよ」

この言葉も正しい。構成員になってしまえば、一般人の護衛なんて時間ばかりかかる暇な仕事を任されるはずもない。だからといって銀次が個人的に千早の護衛を続けられるわけもない。こうして四六時中千早を見守っていられるのは、護衛の仕事をまっとうしている銀次に松岡組から給料が支払われているからだ。

「いずれ手を引くなら、早い方がいいんじゃねぇか？　お嬢ちゃんのためにも」

やけに穏やかな声で言って、剛造はスーツの内ポケットから一枚の写真を取り出した。

「これもお嬢ちゃんに渡してくれ。俺の親友の写真だ」

自身の爪先を睨んでいた銀次は、のろのろと顔を上げて写真を受け取る。

色褪せた古い写真に写っていたのは、詰襟の学生服を着た青年だ。胸から上だけを写した写真の背景は真っ白で、青年は睨むようにこちらを見ていた。四角い顔に、短く刈った髪。唇は怒ったようにへの字に結ばれている。右下にはオレンジ色の日付が印刷されていた。

「前も言ったが、期限は今週の金曜までだ。それまでに、そいつが何を思って金庫の暗証番号を決めたのか考えてくれ」

そう言い残して剛造は公園を出ていくが、銀次は手元の写真に視線を落としたまま動けない。

千早に「守ってやる」と言ったとき、自分は本気だった。本気で何もかも解決するまで千早のそばにいる気でいたが、事はそう簡単ではなかったのだと初めて気づいた。そして自分が、果たせない約束をどんなに軽々しく千早にしてしまったのかも。

（……あいつは本気で、俺がずっと守ってくれると思ってるんだろうな）

しかし、そう遠くない未来に自分は千早のもとを去ってしまう。もしかしたら千早が金庫の謎を解いたら最後、それきり会わなくなる可能性だってあるのだ。

そうなったら千早はどうなる。誰が千早を守るのだ。

銀次は解決策がないか考えてみるが、何も思いつかない。剛造が言う通り、荒鷹組以外の連中が相手なら源之助は動かないかもしれないのだ。

約束は守れないかもしれない。そのとき千早は何を思うだろう。口先だけの約束をした銀次に失望するだろうか。

浅はかな自分に辟易して、銀次はなす術もなく古い写真を見詰め続ける。

そうやって長いこと凝視してみても、写真の中の青年は睨むように銀次を見詰め返すばかりで、なんの解決策も教えてはくれないのだった。


下校時間になると、例によって千早が公園にやってきた。銀次が膝に紙袋を置いているのを見て目を瞬かせる。

「何それ？　買い物でもしてきたの？」

「いや、荒鷹組の組長から預かった。組長の親友が亡くなったときに着てたもんだ。あと、写真も。依頼の解決に役立てば、だとよ」

ふぅん、と鼻先で返して、千早は銀次から紙袋を受け取った。早速中身を取り出し、泥まみれのスーツや靴、それから写真を確認する。

「やっぱりこの人、貴方に似てるね」

千早の言葉に、銀次は気のない返事をした。確かに、写真の青年の目つきの悪さは銀次といい勝負だ。

しかしそんなことより銀次の頭を占めるのは、いずれ自分が千早と交わした約束を反故にするという事実ばかりだ。千早はあの言葉を未だに信じているのだろうと思うとなおのこと心苦しい。

これはもう、千早に軽蔑されるのも覚悟で本当のことを言うべきか。考え込んでいたら、横から千早に顔を覗き込まれた。

「ねえ、やっぱり具合悪いの？　死んだ人に似てるなんて言われたら、いつもはもっと嫌そうな顔するのに」

銀次はびくっと肩を揺らし、ベンチの隅まで移動する。ベンチの端から半分尻をはみ出させ、「別に」とぼそぼそ返した。

「嘘。隠し事なんてしない方がいいよ。言うことがあるなら言って」

銀次が距離をとった分だけ、千早もこちらに詰めてくる。その表情は真剣を通り越し、どこか怒っているようにも見えた。

何が千早の機嫌を損ねたのかと戸惑っていると、こんなことを言われた。

「何か危ないことに巻き込まれてるんじゃないの？　私が見てないところで、また一人でぼろぼろになるなんてやめてよね。私、そんなこと頼んでない」

きっぱりと言い渡されて目を丸くする。口調がきついのでその真意を汲み取るまでに少し時間がかかったが、詰まる話が千早はまた銀次が傷だらけにならぬよう心配してくれているようだ。

予想外の反応に、なんだかくすぐったいような気分になった。千早の顔を正面から見ていられなくなり、俯いて首の後ろを掌でさする。

「いや、そういうんじゃねぇんだけどよ……。ただその、もしも、もしもの話だが……俺がいなくなったら、お前どうすんだ？」

「いなくなるって？」

「護衛を外れたらって話だよ。学校の行き帰りとか、どうすんだ」

「別に。普通に通うけど。これまでだってそうしてたんだし。前の生活に戻るだけだけど？」

即答され、面食らったのは銀次の方だ。

「で、でも、うっかり遅くなったりしたときはどうすんだ？　荒鷹組だけじゃなく、妙な連中にも狙われてんだろ？」

「そういうときはタクシーを使う。そのために心霊相談所もやってるんだし」

千早は傍らのカバンから小切手のようなものを取り出した。何かと思えばタクシーチケットの束だ。かなり厚いが、いったい幾ら分あるのだろう。唖然としたものの、そういうことではないのだと我に返って身を乗り出した。

「そうじゃなくて、明日から急に俺がお前の前から消えたら、薄情だとか思わないのかよ。守るって言ったくせに、嘘つきだとか……」

「思わない」

タクシーチケットをカバンにしまいながら、千早は気負いもなく言った。

「実際これまで何度も守ってもらったしね。おかげでちょっと遠くに出かけたり、遅い時間まで買い食いしたりすることもできたし」

カバンを閉めて、千早はまっすぐ銀次に顔を向ける。

「貴方が私の前から消えたって、この数週間守ってくれた事実は消えないし、感謝もしてる。明日いなくなっても構わないよ。これ以上のことは望んでない」

千早の表情に強がったところはかけらもない。きっと本気で言っているのだろう。銀次はその顔を呆然と見詰め、なんだよ、と口の中で呟いた。

ガキのくせに割り切ってやがる、と思った。

自分の方が大人なのに、まったく割り切れていなかったな、とも。

千早のことを一生守ることなんてできないことくらい、千早本人はとっくに承知していた。承知の上で、今日までのことを感謝していると言ってくれた。

ずっと守ってやることはできない。それは事実だ。ならば今、自分にできることはなんだろう。考えるうちに迷いが飛んだ。できることなど一つしかない。

「……俺も、そばにいられるうちは全力でお前を守る。頼ってくれ」

千早は最初に座っていた位置に戻りながら、唇の端を持ち上げる。

「それ、前にも聞いたし、もう頼ってる」

銀次は目を丸くする。これまで千早に頼られた記憶などなかっただけに驚いた。本当なのかと食い下がりたかったが、千早はするりと話題を変えてしまう。

「それより、目の下のクマひどいよ。寝てないの？」

「いや、寝てないというか……昨日はちょっと……」

「眠れなかった？　もしかして、またアパートで妙なことでも起こったとか？」

言葉を濁したつもりだったがずばり言い当てられてしまった。

硬直する銀次に、千早はしたり顔を向ける。

「話を聞くだけなら、相談料五百円で引き受けるけど？」


学校から銀次のアパートに行く道すがら、銀次は昨夜の出来事を千早に報告した。窓ガラスに残った泥の手形も、いつのまにか真後ろに立っていた男のことも。男が身に着けていた靴と服が、剛造の持ってきた靴や服と全く同じだったことも伝えた。

アパートの鍵を開けていると、後ろから千早に尋ねられた。

「家に入ってきた人の顔も見たの？　写真に写ってた人と同じ顔してた？」

「いや、顔は見えなかった。俯いてたから。でも、背格好は俺と同じくらいだったかな」

鍵を開けて千早を中に招き入れる。千早は問題の窓よりも、未だに冷蔵庫一つ置かれていないキッチンを見て呆れたような顔をした。

「冷蔵庫ぐらい買いなよ、不経済だって」

「いいだろ。いつどうなるかわかんねぇんだし」

「いっそ冷蔵庫とか洗濯機とか大物家電買い込んでここに居座っちゃえばいいのに。必要最低限の物しか持たない身軽な人だと思われてるからこそあちこち飛ばされるんでしょ」

銀次が考えもしなかったことを口にして、千早はすたすたと奥の部屋へ入っていく。途中、ついでのように押入れの戸を開け、以前自分が置いていった小箱と塩が残っていることを確認して満足げに頷いた。

「で、手形がついてたのはここ？」

窓辺に立った千早が勢いよくカーテンを引いて、銀次はとっさに顔を背けてしまう。あの手形こそ、人でない者が存在する証拠だと思うと直視したくなかった。

千早はしげしげと手形を観察すると、鍵を開けて躊躇なく窓を開けた。

「よ、よせ！　何か入ってきたらどうすんだ！」

「入ってくるとしたらせいぜい羽虫くらいでしょ。殺虫剤でも買ったら」

千早は体を半分外に出し、窓の外からも手形の状態を確認して庭に目を向けた。

「庭にはよく下りてる？」

「いや、洗濯は全部コインランドリーで済ませてるし、庭には出ない」

「引っ越してから一度も？」

「越してきたばかりの頃は、隣の家の物音が気になって何度か……」

「じゃあ、一ヶ月も前の話だ」

千早は外に出していた体を引っ込めると、スカートの裾を翻して銀次を振り返る。

「ところで、幽霊に足ってあると思う？」

「あ？　足？　そりゃ……ないんじゃないか？」

「じゃあ、あれは何？」

手招きされ、銀次は恐々と窓辺に近寄る。

千早が指さしたのは庭の地面だ。雑草が生えた大地は湿っぽく濡れている。

「あれ、今日雨なんか降ったか？」

「昨日の夜遅くに降ってたよ。気がつかなかった？」

「ああ……寝てたからな」

喋りながら庭を見回した銀次は、そこに点々と残る足跡に気づいて目を瞠った。

足跡はアパートを囲うブロック塀の前から始まり、銀次の部屋の窓辺まで一直線に続いて、またブロック塀へと戻っていく。さらに目を凝らしてみれば、塀にもところどころ泥がついていた。あれはもしや、泥で汚れた靴で塀を上り下りしたときのものか。

「幽霊に足がないなら、こんな足跡つかない。そもそも幽霊だったら、塀の一つや二つすり抜けてきそうだけど」

「確かに……そうだ、そうだよな！」

銀次の声に力がこもる。今朝は窓に付いた手の跡がひどく禍々しいものに見えたが、正体がわかってしまえばどうということもない。これは人間がつけた、ただの泥汚れだ。

「なんだ、ただのいたずらか？　どこのガキだ、くだらねぇ」

言葉とは裏腹に銀次の顔には満面の笑みが咲いている。相手が人間ならば恐ろしいことなど何もないのだ。また同じようなことを仕掛けてきたら、そのときは自ら窓を開けて一喝してやろうとすら思う。

「しかし誰がこんないたずらなんて……」

「剛造さんだと思う」

あっさりと答えが返ってきて、銀次は声を詰まらせる。なぜ、と問えば、これにもすらすらと返答があった。

「この部屋に忍び込んできた人は、剛造さんの親友が亡くなったときに着ていたのと同じ服を着てたんでしょ？　その服を今日まで保管してたのは剛造さんだから」

「あ、そうか。でもなんでだ？」

「貴方を怖がらせたかったからじゃない？」

「なんでそんなこと」

「わからない。でも今日、剛造さんに会ったんでしょう。そのとき何か言われなかった？ますます怖がらせるようなことを言ってきたりとか」

銀次は剛造との会話を思い出すべく腕を組む。今日だけでなく、病院につれていかれたときも剛造とは話をしたが、あのときはなんと言われただろう。

「……そういえば、お前の力は本物だって言われたな。だからお前から手を引けって怖いんだろう、と言いたげに目を細めた剛造の顔を思い出す。あれは自ら銀次を怯えさせる計画を立てたからこその含み笑いだったのか。

「私から貴方を遠ざけたいってことかな」

「てことは、やっぱりあの爺さんはお前をどうにかしようとしてんのか？」

「どうだろう。本気でそうするつもりなら、先週の時点でどうにかされてたような気もするけど」

銀次がうっかり千早のそばを離れてしまった金曜日、剛造は千早に危害を加えるどころかチーズケーキと紅茶を振る舞っていた。連れ去ろうと思えばいくらでもできただろうに。

「何か他の意図があるんじゃないかなとは思う。でも、今はまだよくわからないから少し考えてみる。金曜日までにはまだ間があるし」

「そうだな……ていうかお前、金庫の暗証番号はどうすんだ？　わかるのか？」

「それは実物の金庫を見てみないとわからない」

「……見ればどうにかなるのか？」

「暗証番号なんてわからなくても、簡単な解錠ならできるから」

さすがに冗談かと思ったが、千早は真顔のままなのでわからなくなる。案外千早なら錠前破りくらいできてしまいそうな気もした。

「ともかく、昨日のあれはただのいたずらだってわかって何よりだ。ほら、相談料の五百円」

銀次はスラックスのポケットからぺしゃんこの財布を取り出し五百円を千早に渡す。

「領収書いる？」などと訊いてくる千早に「いらない」と返し、狭い脱衣所に目を向けた。

「にしても、あの男がどうやってこの部屋に入り込んだのかがわからねぇな。玄関には鍵がかかってたし、窓だって閉まってた。なのに真後ろに立たれるまで全然気がつかなかったなんて、気配を消す達人だったのかなぁ。拳法使いとか」

「そんなにすぐ後ろに立ってたの？」

「ああ。あと、泥だらけの靴履いてたんだよ。まあ、外は雨が降ってたから当然なんだけどな？　にしては朝起きたら床が全然汚れてなかったんだよな。掃除してったのか？」

しきりと首を捻る銀次の後ろで、千早はじっと床を見ている。

黙り込む千早に銀次は気づかない。とにもかくにもこれで今夜も安眠は確保されたのだ。

細かいことは後で考えよう。

「ま、相手が人間なら夜中に忍び込んできても返り討ちにできるからな！」

笑いながらそう言えば、千早も微かに口元を緩めた。

「そうだね。相手が人間ならね」

その言葉に込められた意味など、浮かれ切った銀次にはわかろうはずもなかった。

約束の金曜日。

授業を終えた千早が学校を出てくると同時に、校門の前に濃紺の乗用車が止まった。公園のベンチからそれを見ていた銀次は猛然と千早のもとへ駆け寄る。

車から降りてきたのは、何度か剛造と共に現れた黒服の男だ。男は後部座席のドアを開け、車に乗るよう丁重に千早に促す。

「社長が自宅でお待ちしております。ご案内しますのでどうぞこちらへ」

「ありがとうございます。ちなみに、この人も一緒ですが構いませんよね？」

もちろんです、と頷いて、黒服は銀次に顔を向けた。

「乗れ」

銀次に対する言葉はこれだけだ。千早とはまるで扱いが違うが、乗車拒否されないだけましだと思おう。千早に続いて車に乗り込んだ。

車の中で、銀次はそわそわと腕を組む。

荒鷹組の組長の家に呼ばれたのだから緊張するのも当然だ。剛造は、もしも暗証番号がわからなくとも無事に帰すと約束してくれたが本当だろうか。相手のテリトリーに入ったら最後、何が起こるかわからない。

沢田に連絡するかどうか迷ったが、それは千早に止められた。「そんなこと報告したら止められるに決まってるでしょ」とのことだ。危ないことをしている自覚は本人にもあるようだが、それでも千早は剛造の家に行くことを躊躇しなかった。「無事に帰してくれるって言ったし、あの人嘘はつかなそうだから」とのことだ。

窓の外を流れる景色を見詰め、もう何度目になるかわからない深呼吸をしていると、横から千早に肩を叩かれた。

「大丈夫？　緊張してるなら、リラックスできるおまじないしてあげるけど」

「お、おお、あれか。そうだな、やってくれ」

おまじないと聞いた銀次は、背中に星のマークを描くあの行為を思い出して千早に背を向けようとする。しかし千早はそれを止め、銀次にこちらを向くように言った。

「私の目を見て。そのまま、逸らさないで」

「え、な、なんだよ急に……？」

「いいから、見て。よく見て、私の目だけ見て」

近距離で互いの顔を覗き込む格好になり、銀次は若干どぎまぎする。しかし少しでも目を泳がせると「見て」と厳しい声が飛んでくるので視線を逸らすこともできない。

「私の目を見て。目を開けて、しっかり見て。そのうち他のものは何も見えなくなるから。ほら、目を開けているのに、周りがだんだん暗くなる」

言われるまま千早の目を覗き込んでいると、千早の瞳の中心にある瞳孔が、ゆっくりと開いていくような錯覚に囚われた。

小学校の理科の実験を思い出す。手鏡を持って校庭に出て、日差しの下で瞳孔が小さくなっていくのを観察した。校舎に戻ってまた鏡を覗き込む。目の中央にある瞳孔が、ゆるゆると広がっていくのが不思議だった。どこまで大きくなるのだろう。飽きもせず見詰め続けたあの滑らかな黒さが目の前に迫る。視界が黒に覆われる。

あれ、と思った。気がつけば千早の言う通り何も見えなくなっている。目は開けているのに、真っ暗だ。深い穴の中に落ちてしまったかのように辺りが闇に呑み込まれる。今はまだ夕暮れのはずなのに。

暗闇の中に自分の息遣いだけが響く。呼吸は短い。激しく体を動かした直後のように。自分は車に乗っていて、体を動かしてはいないのになぜだろう。

は、は、は、と荒い呼吸。それだけではなく、草を掻きわけるような音もする。

ここはどこだ。足元がぬかるんで走りにくい。膝に草が絡みつく。森。いや――山か？

「そろそろ着くよ」

耳元で千早の声がして、はっと我に返った。

瞬きをして辺りを見回せば、そこは剛造の部下が運転する車の中だ。隣には千早もいる。

窓の外はまだ明るく、ようやく西の空が赤く染まり始めたところだった。

「……今、お前、何したんだ？」

呆然として尋ねた銀次に、千早は横顔を向けたまま笑う。

「催眠術。魅了法っていうの。本当に暗示にかかりやすくて、逆に心配」

「な、なんの暗示をかけたんだ？」

「いろいろ。剛造さんの前で何か起こるかもしれないけど、びっくりしないでね」

何かってなんだ、と問い詰める前に車が減速した。目的地に着いたようだ。

やってきたのはマンションの地下駐車場だった。黒服の先導で車を降りてエレベーターに乗る。エレベーターの前には呼び出しボタンがなく、代わりにカードキーをかざすセンサーが壁に埋め込まれていた。エレベーターの中にも同じような装置があり、カードキーをかざせば階数を押すまでもなく目的地まで運んでくれるようだ。

エレベーターを降りると、絨毯の敷かれた長い廊下が目の前に伸びていた。まるでホテルだ。廊下を進むと奥にようやくドアが現れ、その前に門番のような黒服が立っていた。

銀次たちをここまで連れてきた黒服が、カードキーで部屋の鍵を開ける。

「社長はこの奥です」

千早と銀次が部屋に入ると、すぐに背後でドアが閉まった。黒服たちは室内に入ってこないらしい。

大理石を敷き詰めただだっ広い玄関で、銀次は呆然と立ち尽くす。玄関だけで銀次が住むアパートの部屋よりずっと大きい。エレベーターを降りてからここに至るまでドアは剛造の部屋に入るドア以外なく、どうやらこのフロアは丸々剛造の家らしい。

異次元だな、と思っていると、奥から剛造が現れた。ベージュのスラックスにシャツを着て、ジャケットは脱いでいる。さすがに自宅だけあってリラックスした様子だ。

「よく来たな。早速金庫を見てくれ」

長い廊下の途中で足を止め、剛造はついてこいとばかり銀次たちに背を向けた。

銀次は靴を脱ぐのも待ちきれず剛造に尋ねる。

「俺の部屋の窓にべたべた手形を残すよう指示したのはあんただな？」

剛造は歩みを止めることなく振り返り「ばれたか」と悪びれもせずに言った。

「やっぱりか！　どういうつもりだ！」

「ちょいと驚かせたかっただけだ。もうしねぇよ」

「当たり前だ！」

ようやく靴を脱いで部屋に上がる。何が起こるかわからないので、千早は自分の後ろを歩かせた。

廊下を抜けて突き当たりの部屋に入ると、そこはダンスホールと見紛うばかりの広いダイニングだった。南に面した壁はすべてガラス張りで、都心のビルが遥か遠くまで見渡せる。室内の明かりはついていなかったが、窓からたっぷりと差し込んでくる日射しで眩しいほどだ。

我知らず足を止めていた。広すぎるダイニングも、都心を一望できる大きな窓も、日常を忘れるほどの光景だ。あの千早ですら驚いた顔をしている。

「金庫があるのはこちらだ」

剛造の声で我に返って再び歩き出す。ダイニングには大きなソファーとテーブル、千早の背丈に届きそうな大きさのテレビが置かれている。雑誌や湯呑など生活を感じさせることまごまとしたものはなく、まるでモデルハウスのようだった。

「剛造さんは、ここにお一人で暮らしてるんですか」

千早の問いかけに、剛造は振り返らないまま頷いた。

「俺には子供もいねぇし、嫁もだいぶ前に亡くした。長いこと一人だ」

ダイニングを突っ切り、ほとんど使われた形跡のないアイランドキッチンの前を横切ると、再び廊下が現れた。リビングに背を向ける格好で進み、剛造は奥まった部屋の扉を開けた。

「ここは納戸だ。普段は閉め切ってるから、多少埃っぽいが勘弁してくれ」

納戸は十畳ほどの部屋だった。あのリビングを横切った後なので確かに狭く感じるが、それでも銀次が寝起きしている部屋より大きい。窓はなく、剛造が明かりをつけてようやく中の様子が明らかになった。

部屋の隅にはぎっしりと本が並んだ本棚が置かれ、その前にはサイクリングマシンが鎮座している。買ったはいいものの使わずここに押し込んだのだろうか。剛造のような男も健康のためにサイクリングマシンを買ったのだろうかと想像すると、なんだかおかしい。

その他には、ロッキングチェアや空っぽの棚などが雑然と押し込まれていた。

問題の金庫は、部屋の奥に置かれたチェストの上にあった。ちょうど千早の胸の高さに置かれたそれに、銀次と千早はゆっくり近づく。

四角い金庫は、縦横四十センチといったところだろうか。奥行きも似たようなもので、ぎりぎり抱えて持ち運べるくらいの大きさだ。

黒い塗装は剝げかけて、ダイヤルの部分も錆びている。さすがに古い。

「さあ、まずはその金庫を開けてくれ」

ぎっと木の軋む音がして、振り返ると剛造が納戸の隅に置かれたロッキングチェアに腰を下ろしていた。

いよいよ始まったぞ、と銀次は緊張したが、千早は至ってマイペースだ。肩に下げていたカバンを金庫の横に置くと、中から何かを取り出した。

「それでは、手っ取り早くご本人に訊いてみましょう。ちょっとこれ持って」

そう言って千早が銀次に手渡してきたのは、ビニール袋に入った白いスニーカーだった。泥でひどく汚れたそれは、剛造の親友の遺品だ。

「よくこんなデカいもんがカバンに入ったな……」

思わずそう呟いてしまうほど靴は大きい。銀次と同じくらいだろう。ちなみに銀次の足は三十二センチだ。

「それでは、これを依《よ》り代《しろ》にして霊を降ろしましょう。ところで、この人のアパートの窓に手形をつけたのは剛造さんで間違いありませんね？」

剛造はゆらゆらと椅子を揺らしながら、「確かに」と頷いた。千早はそれを見届け、今度は銀次に尋ねる。

「貴方は剛造さんの親友を見た。間違いない？」

「ああ。見たけど……あれもそこの爺さんの差し金だろ？」

顔を顰めて剛造を見遣った銀次は、その顔を見て目を瞬かせる。

直前まで余裕ぶって笑っていた剛造が、さっと顔色を変えたからだ。目を見開いて、身じろぎもしない。ゆらゆらと平和に揺れていた椅子がぴたりと止まった。

何を驚いた顔をしているのかと思っていたら、千早に何かを手渡された。とっさに靴を持っていない方の手で受け取ったそれは、小さな手鏡だ。

「見て、誰が映ってる？」

銀次はキョトンとして鏡を覗き込む。鏡に映っているのは当然自分だ。目の上にはまだ薄く痣が残っているが、月曜日に襲撃されたときの腫れはほとんど治まっている。

「誰って……俺に決まってんだろ」

「そう、貴方は誰？」

千早が何をしたいのかわからない。眉根を寄せて鏡から視線を上げようとしたが、なぜか体が動かなかった。

鏡には自分の顔が映っている。見開いた両目の中心には真っ黒な瞳孔。見詰めていると、ゆっくりと瞳孔が広がっていく。

車の中で千早の目を見ていたときのように、じわじわと周囲が闇に浸食される。目を開いているのに、何も見えない。腹に力を入れるとようやく声が出た。

「俺は――」

一声発しただけでもう違和感を覚えた。闇に響いたその声が、自分の声に聞こえない。

口を閉じようとしたが叶わず、意思に反して言葉が続いた。

「秋元力也」

自分の名を名乗ったつもりが、口から飛び出したのは全く別人の名だ。

秋元。そういえば、剛造の親友がそんな名前だっただろうか。

視線を動かしてみるが相変わらず何も見えない。望んだとおり眼球を動かせているかすら定かでなかった。状況を尋ねるため千早を呼ぼうにも声が出ないのだ。それでいて耳だけはよく聞こえる。こちらに近づいてくる足音と共に、千早の声が耳に届く。

「初めまして、力也さん。早速ですがいくつか質問させてください。まずは、貴方が剛造さんの親友になったきっかけを教えてもらえますか？」

短い沈黙の後、力也を名乗った男の声がした。

「俺は、剛さんの護衛だったから」

おそらくこれは、自分の口から出ている言葉だ。声音こそ普段の自分のそれとは違うが、口が動く感覚はあった。

闇の中、困惑する銀次をよそに会話は進む。

「貴方はなぜ、剛造さんの護衛になったんです？」

「小学生の時、荒鷹組が経営している街金融から親父が金を借りて、返せなくなって、借金苦で無理心中をしたからだ。両親は死んで、俺だけが助かった」

「身寄りを亡くした貴方を、荒鷹組が引き取ったんですか？」

「そうだ。俺は剛さんと同い年だから、登下校中も、学校の中でも、ずっと剛さんのそばにいた。剛さんを守るために」

「守る？　何から？」

「生徒の中に、剛さんをヤクザの子だとからかう連中がいたから。そういう奴らは俺が殴り倒した。その後、教師に怒られるところまでが俺の役目だった」

銀次は勝手に動く自分の口を止められない。なぜこんな言葉が口から飛び出すのかもわからない。秋元力也の生い立ちなど、自分が知るはずもないのに。

千早は銀次の周囲をゆっくりと歩いているのか、声が右から左へ移動する。

「荒鷹組に引き取られた貴方は、いつまで剛造さんの護衛をすることに？　まさか一生ですか」

「いや、剛さんが二十歳になったら、俺はお役御免になるはずだった」

「――どうしてそれを知っている」

ふいに剛造が会話に割り込んできた。硬い声だ。視界が闇に閉ざされているためその顔を見ることはできないが、きっと厳しい顔をしているのだろう。

剛造の言葉から察するに、ここまでの会話は事実に沿っているらしい。

しかしこの状況はなんだ。何も見えず、勝手に口が動く。しかもその内容は、自分が知り得ない秋元力也の過去についてだ。

まさか、と銀次は目を見開く。

(俺に霊を降ろしてんのか!?)

突如ひらめいた可能性に卒倒しそうになった。自分の中に死んだ人間がいるなんて、そんなもの幽霊にとり憑かれているのとほぼ同義だ。

貧血を起こしたようになって、ふらりと体が傾いた。

それまで上も下もわからないような闇の中にいたのに、ふいに重力が戻って慌ててたたらを踏む。たちまち視界に光が戻って、銀次は何度も瞬きをした。

はっと顔を上げると、ロッキングチェアに腰を下ろした剛造が険しい顔でこちらを見ていた。銀次の傍らには千早がいる。銀次は片手に秋元力也の運動靴、もう一方の手に鏡を持って呆然とするばかりだ。

説明を求めて千早に目を向けると、千早が指先で宙に星のマークを描いた。以前、おまじないと称して銀次に催眠術をかけたとき背に描いたのと同じ形だ。

銀次は目を見開いて千早の顔を見る。ここへ来る車の中でも、千早は自分に緊張をほぐすおまじないとやらをしてくれたが、あれも催眠術か。どういう暗示をかけたのかは知らないが、自分の意志とは無関係に口が動いたのは催眠術によるものなのかもしれない。

そうなのか、と視線で問うと、薄く微笑まれた。

言葉はないが、そういうことなのだろう。ほっとして、両手をだらりと脇に下ろした。もし本当に交霊などされていたら取り乱してこの場にいられなかったに違いない。

銀次の顔に冷静さが戻ったのを見て、千早は剛造のもとへと歩み寄る。

「今の力也さんの言葉に何か間違いはありましたか？」

剛造は暗い目つきで千早を睨み、重い石を引きずるようなしゃがれた声で言った。

「……五十年も昔のことを、よく調べたじゃねぇか」

「調べてませんよ。ご本人に訊いただけです。力也さんは剛造さんが成人するまでという条件付きで護衛をされていたそうですが、その後はどうする予定だったんです？　引き続き組に残ることになっていたんですか？」

剛造はしばらく真一文字に口を引き結んでいたが、沈黙をものともせずに返答を待つ千早に根負けしたのか、溜息混じりに呟いた。

「いや、俺が成人したら、あいつは自由になるはずだった。力也もそのつもりだったはずだ」

「なるほど。では剛造さん、貴方の生年月日を西暦から教えてもらえますか？」

剛造はロッキングチェアの肘かけに肘を置き、また口を閉ざした。だが今度の沈黙は長く続かず、「一九五〇年、七月九日」と返ってくる。

「ということは、剛造さんが成人したのは一九七〇年」

千早は剛造に背を向けると、金庫の前に立って身を屈めた。

「一般的なダイヤル式ですね。これは四つの暗証番号が設定されていることが多いです」

銀次も靴と鏡を近くの棚に置いて金庫のダイヤルを覗き込む。ダイヤルには0から99までの目盛が細かく刻まれていた。

「とりあえず、『19』『70』『7』『9』でやってみましょうか。まずはロックをリセットします」

千早は錆びたダイヤルをつまむと、目盛を0に合わせる。ダイヤルを右に回して一周させ、再び0に。同じ手順をさらに二回繰り返した。

「これでリセットできているはずです」

「……お前、やけに詳しいな？」

ダイヤル式の金庫なら銀次も目にしたことはあるが、実際に鍵を開けたことなどない。女子高生がよくこんなことを知っているものだと素直に感心した。ちょっとした鍵なら開けられるという千早の言葉が俄然信憑性を帯びてきたが、千早が何者なのかはますますわからなくなった。

千早は黙々とダイヤルを回す。右回りに『19』を四回、左回りに『70』を三回。また右回りに『7』を二回。銀次も、ロッキングチェアに腰掛ける剛造も、無言で千早の作業を見守った。

『19』『70』『7』『9』は、剛造が二十歳の誕生日を迎える日に他ならない。秋元力也は本当にこれを暗証番号にしたのだろうか。銀次には確信が持てないが、千早の手つきに迷いはない。

最後に千早は、左回りにゆっくりとダイヤルを回す。

室内の空気が張り詰めて、銀次もぐっと身を乗り出した。

十二時の方向につけられたダイヤルの溝に、目盛の『9』が重なる。

その瞬間、かちっという小さな音が室内に響いた。

銀次は目を見開いて「開いた」と口にする。明らかに錠が外れた音だ。

千早はダイヤルの横にあるレバーに手をかけ押し下げようとするが、動かない。

「……あれ、開いたんじゃないのか？」

「鍵は外れたけど、レバーが錆びてる。動かない」

「お、じゃあ俺が開けてやる」

千早を押しのけ銀次もレバーを握るが、かなり力を入れても動かない。これでも腕力には自信があったのだが、息を詰め、顔を真っ赤にしてレバーを押してもびくともしなかった。悔しくなって腕まくりをしたところで、背後から剛造の声が飛んできた。

「開けなくていい」

振り返ると、肘掛けに凭れた剛造が、指先で頭を支えるようにしてこちらを見ていた。

「暗証番号が判明した時点で俺の依頼は達成されてる。中まで確かめることはねぇよ」

依頼が達成されたというのに、剛造は喜ぶどころか苦々し気な顔をしている。口調もどこか捨て鉢だ。

千早は金庫の横に立ったまま、改めて剛造に尋ねる。

「力也さんが決めた暗証番号は、貴方の誕生日。それも成人を迎える年の。それでご納得いただけましたか」

「ああ、そのようだ。まさか一発で開けちまうとはな」

剛造は小さく笑ったが、口元に浮かんだ笑みは一瞬で消え、沈痛な面持ちになった。

「……なあ、お嬢ちゃん。力也はどうしてその日付を暗証番号にした？　やっぱりあいつは、その日を指折り数えてたと思うか？　うちの組から自由になれるその日を」

「やっぱりということは、剛造さんは最初から暗証番号がわかってたんですか？」

剛造は俯いたまま視線を上げ、目元に微かな笑みを浮かべる。

「まあな、そうじゃないかとは思ってたよ。その金庫はもともとうちにあったもんだが、力也がどうしてもというからくれてやったんだ。一応あいつにも組から小遣いが出てたんだが、すぐに組の連中に巻き上げられちまうから金庫が欲しいってな」

『暗証番号は剛さんの誕生日にしよう』と言った力也に、剛造は『それじゃ数が足りないだろう』と助言したそうだ。『0』『7』『0』『9』に設定することも可能だが、せっかくダイヤルは99まであるのだし、もっと複雑な方がいいと西暦も入れることになった。

「俺が成人する年にするってあいつは言ってたが、本当だったんだな。他人に暗証番号喋っちまうなんて不用心な奴だ。さすがに嘘かと思ったぞ」

「そこまでわかっていながら、一度も確かめたことはなかったんですか？」

千早がそう尋ねるのももっともだ。一度くらい、自分が成人する年の誕生日に合わせてダイヤルを回してみればよかったものを。

黙りこむ剛造に、千早は確信を込めた口調で言った。

「怖いんですね、力也さんの本心を知るのが」

剛造がじろりと千早を睨む。しかしすぐにその目は伏せられ、剛造は開き直ったようにロッキングチェアの背に凭れかかった。

「そうだな、お嬢ちゃんの言う通りだ。力也が死んだ今となっては、あいつが本心で何を考えてたかなんてわからねぇ。だが、生前あいつが大事にしていた金庫の中にはその手掛かりがあるかもしれない。見たいような、見たくないような、どっちつかずな気分のまま五十年もそのままだ。鍵を開けることも、手放すこともできなかった」

子供がブランコを揺らすようにゆらゆらと椅子を前後させ、剛造は覇気のない声で続けた。

「中身だってなんとなく予想はついてんだよ。あいつがちまちま貯めた現金と、どこか遠くまで行ける旅行券でも入ってるんじゃないかってな。暗証番号はいよいよそれを使う日、荒鷹組から解放される日だ」

そりゃ待ち遠しいよな、と剛造は小さく笑う。

「あいつはもともと堅気の家の子供だ。それなのに、大人の都合で無理やり極道の世界に巻き込まれた。俺も好きで極道の家に生まれたわけじゃなし、お互いままならない人生を嘆いたもんだ。でも、一生この世界から離れられない俺と違って、あいつはいずれ自由になれる。それを羨ましく思うこともあった。あいつに愚痴ったこともある。俺だって、できれば堅気みたいに生きてみたいってな」

力也とそんな話をしたのは、高校の卒業を間近に控えていた頃のことだった。口にしたところでどうにもならないことを敢えて話題に出したのは、子供の頃から長年そばにいてくれた力也が「だったら自分も組に残る」と言ってくれるのを期待したからだ。

「今思い出してもガキっぽいったらねぇな。でも、力也は何も言わなかった。黙って下を向いてたよ。嘘でも組に残るなんて言えなかったんだろうな」

自分が成人を迎えたら、力也はもうこれまでのように隣にはいてくれなくなるのだと痛感した。半分は仕方がないと諦めつつも、裏切られたような腹立ちと、取り残されたような淋しさが残ったのもまた事実だ。

そうこうしているうちに二十歳の誕生日は刻々と近づいてくる。力也もそわそわと落ち着かなくなってきて、もうすぐ始まる新生活に浮かれているのだろうと思うと腹立ちが募った。自分との別れなど、力也は少しも悲しんでいない。

きっと力也は晴れ晴れとした顔で自分に別れを告げるだろう。そんな顔など見たくない。できれば挨拶もなしで勝手に出て行ってほしい。そんなことを思っていたとき、叔父の一人から旅行に誘われた。

「俺の親父には異母兄弟が三人いてね、親父は早くに亡くなって、成人前の俺が組長になったもんだから、叔父たちはなんとか俺に取り入ろうと必死だった。裏から俺を操って、自分が実質的な組の支配者になろうとしてたんだろう。それくらいガキの俺でも理解できたから、どの叔父ともそれなりに距離を取ってたんだ。でも、あのときは簡単に誘いに乗った。とにかく力也のそばにいたくなくて、わざわざ誕生日の前日に叔父と旅行に出たんだ。ほとんど当てつけだな」

いつもならば出かけるときは必ず組の者に報告するし、力也だって護衛につける。だがそのときは、組の誰にも叔父と出かけることを告げなかった。むろん力也も置いてけぼりだ。半分家出のような、軽い自暴自棄だった。

剛造は大学に進学せず、高校卒業後は組の仕事に携わる建築業者や、金融業者などとのやり取りを始めていた。旅行に誘ってくれた叔父は頭の切れる男で、そうした仕事の手ほどきを剛造にしてくれていたこともあり、気が緩んだ。

叔父と共に業者と打ち合わせをした剛造は、力也や他の護衛を撒いて、叔父と二人でその場を離れた。そして叔父の用意した車に乗って、旅行へと出発したのだ。

だが車に乗り込んだ途端、叔父の態度が急変した。

車には、叔父の他に運転手と叔父の部下が乗っていたが、車が動き出すとすぐにドアにロックがかけられ、誰も何も喋らなくなった。叔父も急に無表情になり、剛造が何を尋ねても答えてくれない。しつこく食い下がると問答無用で殴りつけられた。

「あのとき初めて、何かとんでもねぇことが起きてることに気づいたんだ。それまで組の誰も、俺に手を上げたことなんざなかったからな」

車は高速に乗り、日が暮れてもなお走り続け、やがて人気のない山に入っていく。

追手がないことに気をよくしたのか、ここでようやく叔父が口を開いた。自分はもう荒鷹組を抜け、当時荒鷹組と対立していた別の組へ移籍するという。とはいえ、別の組からやってきた叔父への風当たりが強いだろうことは想像に難くない。そこで手土産を持っていくことにしたらしい。

「荒鷹組の組長である俺のタマをとってきたら好待遇で迎えてやる、ってなことを言われたらしいんだな」

剛造は軽い口調で言ったが、逃げ場のない山中でそんな話を聞かされたときは震え上がったことだろう。助けを呼ぼうにも、携帯電話もない時代だ。組の人間には誰にも叔父と出かけたことを伝えていないし、いつもそばにいる力也もいない。

「これはもう駄目だと思った。一度は諦めかけたが、大人しく殺されるのを待ってるのも癪だろう。最後に大暴れしてやろうと思って、山の中で車から降ろされた瞬間、近くにいた男を殴り飛ばして逃げてやった」

それまで剛造が大人しくしていたので、叔父たちもすっかり気を緩めていたらしい。反撃は功を奏し、剛造は辛くもその場から逃げ去った。

「とはいえ、自分がどこにいるのかもわからねぇ。追いかけてくるのは叔父を含めて三人。捕まったら確実に死ぬが、どっちに逃げればいいのかすらさっぱりだ。挙句、足元は革靴ときてる」

学校の行き帰りさえ車で送迎されていた剛造は、革靴以外の持ち合わせがなかった。見栄えはいいが走るには不向きな靴で、舗装もされていない山道をひた走った。

いつの間にか雨が降り出していて、山の中はますます足場が悪くなっていた。革靴の先で爪先が潰れ、アキレス腱の辺りが擦り切れてひどく痛んだ。靴の中にガラスの破片でも紛れ込んだかと錯覚するような鋭い痛みが着地のたびに足を襲う。それを無視して必死で走り、なんとか山を下りきろうとしたそのとき、背後から何者かに肩を摑まれた。

もはや悲鳴も上がらなかった。喘ぐように息を吸ってその場に膝をついたら、無理やり腕を摑まれ立ち上がらされる。今度こそもう駄目だと思った。しかし振り返った先にいたのは、叔父ではなくて力也だった。

力也は見慣れた黒のスーツを着ていた。山道を駆け回っていたのか汗だくで、肩が大きく上下している。

ここまで追いかけてきたのか。どうやって。そう尋ねたかったが息が乱れて声にならない。今にもその場に座り込みそうになる剛造を力也はもう一度無理やり立たせ、その身からジャケットを剝ぎ取った。

『服を交換してください』と切迫した声で力也は言った。スラックスまで無理やり脱がされ、代わりに力也の服を押しつけられる。

状況が読めず、半裸で呆然とする剛造の前で、力也は剛造が着ていたスーツを着た。しかし体格が違うのでジャケットは窮屈そうだし、スラックスはボタンが留まらない。それを無理やりベルトで締め付け、力也は手早く剛造にも服を着せた。

　着替えを終えるなり力也は突き飛ばすように剛造を押しのけた。

『このまま山を下ってください、迎えが来てます』

　言うが早いか、力也は踵を返して山を駆け上がっていってしまう。剛造は驚いてその背中を呼び止めた。力也は振り返り、『行ってください』としか言わない。森の中は真っ暗で、その表情はよく見えなかった。

『早く行ってください、早く』

『でも、お前は――』

『いいから！　剛さん、走れ！』

　長年剛造に仕えてきた力也が、初めて剛造に発した命令口調だった。怒号に似たそれに驚いて、剛造は逃げるように走り出す。山裾に向かって、痛む足を引きずって、力也が走っていったのとは反対の方向へ、とにかく必死で走った。

　しばらく走ると車の音が聞こえてきた。車道が近い。必死になって山道から転げ出ると、そこにはすでに組の車が待ち構えており、すぐさま剛造を保護してくれた。

　車が動き出し、剛造はまだ山の中に力也がいると訴えた。しかし誰もその言葉には反応せず、車はぐんぐん山から離れていく。自分が叔父に追われていたときよりずっと切実に助けを求めたが、やはり車は止まらなかった。

力也の遺体が山中から発見されたのは、その翌日のことだ。

ぎぃ、と鈍い音を立ててロッキングチェアが止まる。剛造は皺の刻まれた両手を腹の上で組んで、どこともつかぬ虚空を見詰めた。

「力也は俺のスーツを着たままだった。薄いグレーのスーツだ。真っ暗な山道で、白っぽいあのスーツは目立ったろう。力也は俺と間違われたまま山の中を追い回されて、あの連中に殺された。体格なんて全然違ったはずだが、あいつらも焦ってたんだろうな。ろくな明かりもない山の中で、目印になるのはスーツくらいだったんだろう」

唯一足元だけは自前の運動靴を履いて、力也は山の中で命を落とした。

すぐに叔父たちも捕まり、荒鷹組から制裁を加えられた。もともと叔父は二心《にしん》の疑いありと目をつけられていたそうで、剛造が姿を消した後はすぐに叔父の車の捜索が始まり、方々から寄せられる目撃情報をかき集めてなんとかあの山に辿り着いたらしい。

長い昔語りを終え、剛造は遠くを見るように目を細める。

「力也は俺を、恨んでるだろう。あと少しで組から解放されるってときに、俺の身代わりにさせられて死ななきゃならなかったんだ。そんなことくらいわかっちゃいたのに、お嬢ちゃんに耳障りのいい言葉をかけてほしくなっちまった。暗証番号が俺の誕生日だって匂わせりゃ、力也は俺を親友だと思ってた、くらいの言葉は引き出せるんじゃないかと思ったが……まさか力也がうちの組に引き取られた経緯まで調べられちまうとはな」

喋り続けて疲れたのか、剛造は深々と溜息をつく。

「……親友だと思ってたのは、俺だけだったんだろうな」

長い昔話はそこでぷつりと終わりを迎える。

想像もしていなかった凄惨な話に銀次は二の句が継げない。消沈した様子の剛造にかける言葉も見つからなかった。

しかし剛造が虚ろな顔をしたのは束の間で、すぐその顔にいたずらめいた笑みが浮かんだ。

「そこの兄ちゃんにも、怖い思いをさせちまって悪かったな」

急に話を振られ、銀次は慌てて姿勢を正した。

「な、なんであんなふうに、俺を脅かすような真似を……？」

剛造の生々しい過去に触れてしまった後だけに、どうしても声が尻すぼみになった。なんだかまだ、剛造が語った山の夜の空気が辺りに漂っているような気がする。

びくびくする銀次を見て小さく笑い、剛造は肩を竦めた。

「お前にお嬢ちゃんの護衛を降りてほしかったからだよ」

「や、やっぱりこいつをどうにかするつもりだったのか？」

とっさに千早をかばって前に出ると、違う違うと苦笑された。

「お嬢ちゃんを懸命に護衛するお前を見てたら、力也のことを思い出したんだ。お前が上からの命令でお嬢ちゃんを護衛しているように、力也も自分の意志とは関係なく俺を護衛してた。傍目にはどんなに仲がよさそうに見えたって、護衛する方は所詮仕事だ」

剛造は銀次と千早をじっくりと眺め、眩しそうに目を細めた。

「お前だっていざとなればあっさりお嬢ちゃんから手を引くんだろうと思いたかった。力也だけじゃない、誰だってそうだ。そうやって護衛に見捨てられるのは俺だけじゃない。そう思いたかったんだな」

あっさりとした口調ながら、腹の底までさらすような本音を口にして、剛造は銀次を見遣る。

「でもお前、手を引かなかったな。耄碌《もうろく》したかね、何もかも見誤った」

そう言って、剛造は自嘲気味に笑った。

銀次はどんな言葉を返せばいいかわからず、困り果てて千早を振り返る。

これほど壮絶な話を聞かされてもなお千早は無表情で、銀次の背後から前に出た。

「剛造さん、見誤ったと言えば、もう一つありますよ」

「ん？　なんだ、これ以上老人をいじめようってのか」

「力也さんのことについて、私は何も調べていません」

「だったらどうしてあいつの家族が無理心中したなんて知ってたんだ？　二十歳まで俺の護衛をすることも」

「本人に聞いたんです。それから……力也さんは、この金庫の中身を貴方に見てほしいみたいですね」

千早は天井の辺りに素早く視線を向けると、ぽかんとした顔をする剛造と銀次を無視して再び金庫の前に立った。

千早は右手でゆっくりと金庫のレバーを握る。鍵はすでに開いているはずだが、レバーが錆びついて扉が開かないはずだ。どうするつもりかと思ったら、千早は左手を胸に当てるようなしぐさをして、ゆっくりとその手を金庫の扉に押し付けた。

「少し、力也さんにも協力してもらいましょう」

千早がそう言った瞬間、金庫の奥から、ぎ、と鈍い音がした。錆びた鉄と鉄を噛み合わせるような音に、銀次はびくっと体を震わせる。椅子に座っていた剛造も、思わずといったふうに身を乗り出した。

千早はレバーを持った手に力を込め、金庫の扉につけたもう一方の手をゆっくりと回転させる。その動きに合わせ、ぎ、ぎぎ、という金属音が響き、やがてガチャンと音を立ててレバーが回った。

古い金庫の扉が薄く開いて、銀次は思わず後ずさる。

先程銀次が渾身の力で押してもびくともしなかったレバーが動いた。まさか念力。いや、力也の力を借りたということは、ポルターガイストか。

じりじりと金庫から離れる銀次とは逆に、剛造は椅子から立ってふらふらと金庫に近づいていく。

「中には、何が入ってる……？」

剛造の声は震えていた。亡くなった親友——あるいは親友と思っていた男が、金庫にまで入れて保管していたものだ。

千早は古びた金庫のドアをゆっくりと開ける。金庫の大きさに反して、中に入っていたものはごくわずかだった。茶封筒が二つと、古びた紙袋が一つ。

千早はまず茶封筒を取り出して剛造に差し出す。剛造は震える手でそれを受け取り、中を覗き込んでぐっと奥歯を噛み締めた。

銀次も剛造の後ろから首を伸ばす。片方の封筒に入っていたのは古いデザインの紙幣だ。かなり厚みがある。そしてもう一つの封筒には、中央に金額が書かれた商品券のようなものが入っていた。

「……現金と旅行券か。想像通りだ。そっちの紙袋には何が入ってる？」

千早は金庫の奥から紙袋を取り出すと、その中身を剛造に見えるようかざしてみせた。

「ああ……」

剛造が、溜息ともつかない声を漏らす。

紙袋から出てきたのは真新しいスニーカーだった。色は白。力也が亡くなっていたときに履いていたものと同じデザインだ。

剛造はふらふらと千早に近づくと、両手を差し出してスニーカーを受け取った。きっとまだ一度も足を入れていないのだろうスニーカーは真っ白だ。

「……あいつはこれを履いて、一人で新しい人生を始めるつもりだったのかなぁ」

剛造の声はかつてなく力ない。丸まった背中は急に老け込んで見えて、さすがに哀れだと思った。金庫の中に保管されていたものは、もしも力也が生きていたとしても、結局は剛造を置いて行ってしまっただろう未来を残酷に突きつけてくる。

ここは剛造を一人にさせてやった方がいいのではないか。目顔で千早にそれを伝えようとしたが、千早が口を開く方が早かった。

「それは本当に、力也さんの靴ですか？」

突拍子もない質問に、剛造がのろのろと顔を上げる。その顔を覗き込み、千早は質問を重ねた。

「力也さんにその靴が履けますか？」

質問の意図がわからなかったのか戸惑ったように視線を揺らした剛造だが、自身の手の上の靴を見て、はたと何かに気づいたような顔をした。それから急に銀次を振り返り、直前まで項垂れていたのが嘘のように鋭い口調で言う。

「お前、さっきまで持ってた靴はどうした！」

「く、靴？　あんたの親友が履いてた？　それなら、あっちの棚に……」

銀次は部屋の隅にある棚を指さす。手に持っていても邪魔なので、先程千早の手鏡と一緒に空っぽの棚に入れておいたのだ。

剛造は金庫の上に茶封筒を放り投げて棚に駆け寄る。そしてビニール袋に入れられた泥だらけのスニーカーと、金庫から出したばかりのスニーカーを並べ、愕然とした顔をした。

「これは……力也の靴じゃない」

剛造が突然意見を翻した。何を見たのか気になって銀次も棚に近づき、すぐ違和感に気づく。二足の靴は、まるでサイズが違うのだ。泥にまみれたスニーカーに比べると、金庫から出したそれは明らかに小さい。

「こんなもん、あいつの足に入るわけがない。なんでこんなもんを金庫に……」

「ちなみに、剛造さんの足のサイズはおいくつですか？」

千早に問われ、怪訝そうな顔で振り返った剛造の顔から、すとんと表情が抜け落ちた。能面のような無表情で、剛造はゆっくりと新しいスニーカーを片方裏返す。靴底にサイズが書かれていたのだろう。しばらくそれを凝視して、剛造は掠れた声で言った。

「……俺のサイズと一緒だ」

呟いたものの剛造はなかなか顔を上げようとはせず、しばらくしてからようやく千早と銀次を振り返った。その目は混乱で揺れている。なぜ自分の足に合わせたスニーカーがそこにあったのか見当もつかないという顔だ。

千早はその視線を受け止め、金庫の上に放り出されていた茶封筒を手にした。

「旅行券、二枚ありますよ」

そう言って、封筒から二枚の券を取り出す。

目を見開いた剛造に、千早はこんなことを言った。

「力也さんは、貴方と一緒に組から逃げ出そうとしてたんじゃないですか？　貴方が『堅気みたいに生きてみたい』と言っていたのを覚えていて」

「まさか……」

「現に旅行券は二枚あります。貴方の足にぴったり合うスニーカーも。革靴では長く走れないとわかっていたから用意したのでは？」

剛造は呼吸も忘れたような顔で千早を見詰め、手にしたスニーカーにゆるゆると視線を落とした。

俯いて微動だにしない剛造に、千早は尋ねる。

「それで、どうしますか？　もう一度力也さんの霊を降ろして、金庫の暗証番号を剛造さんの二十歳の誕生日にした理由を訊いてみますか？」

剛造は俯いて何も言わない。千早も返事を待たず、あっさりと言ってのけた。

「そんなことをしなくても、力也さんも貴方を親友だと思っていたのは明白では？」

千早の言葉を、剛造は否定も肯定もしなかった。岩のように固まって、手の上のスニーカーを見詰め続けている。

そのままどれほどの時間が流れたのか、ふ、とどこかで空気が動いた。

剛造の肩先が震えだし、ふ、ふ、と小さな声が漏れる。まさか泣いているのかとうろたえたが、顔を上げた剛造は笑っていた。苦笑めいた表情で、ぽん、と手の上のスニーカーを叩く。

「やっぱり、あそこで死んでおいてよかったよ、あいつは」

剛造の声には呆れのようなものが混ざっている。自分をかばって死んだ友人に対して随分な言いようだと憤りかけたが、言葉には続きがあった。

「俺と一緒に組から逃げ出してたら、きっともっとむごたらしい死に方をしてただろうかrらな」

ふふ、と柔らかな声を立てて笑い、今度はそっとスニーカーに掌を乗せる。

「こんなもん見せられたら、俺は馬鹿だから舞い上がって、あいつと逃げ出しちまってたに決まってる。でもなぁ、二十歳そこそこのガキが逃げおおせられるほど、荒鷹組は甘くねぇよ。それですぐに見つかって、あいつが全部責任を取らされるんだ。そんなことになるくらいなら……」

ふいに剛造の声が途切れた。

先程と同じように、あのとき死んでおいてよかった、と言おうとしたのかもしれない。だが二度目のそれは口にすることができなかったらしく、真新しいスニーカーを見詰めてぐっと眉根を寄せる。

「……一人で逃げろってんだ、馬鹿野郎」

呟いて、剛造は片手で目元を覆った。

その背後に置かれた棚には、ビニール袋に入った泥まみれのスニーカーと、片方だけ置き去りにされた白いスニーカーが並んでいる。

サイズの違う二足の靴を、銀次は無言で見詰めた。

剛造が言う通り、二人で出奔したところで組から逃げきることはできなかっただろう。

すぐ連れ戻された可能性は高い。

それでも、もしかしたらあの靴を履いた二人が跳ねるように汽車に飛び乗る未来もあったのかもしれないのだ。今は真っ白なスニーカーが、雨にさらされ、でこぼこ道を蹴って、たくさんの場所を巡り真っ黒に汚れることもあったかもしれない。

泥だらけの足跡が二つ、長い道に延々と続く光景を想像してみる。しかしそれはすぐ、剛造の低い嗚咽に掻き消された。

銀次は体の後ろで手を組み、頑なに剛造から顔を背けた。仮にも相手は荒鷹組の組長だ。弱っている姿など見られたくないだろう。

ヤクザの仁義はまだよく知らない。今はその姿から目を逸らすことだけが、自分に尽くせる唯一の礼節だと思った。


公園に湿った風が吹き渡る。空を見上げると雲が広がり始めていた。雨が近いのかもしれない。

銀次は公園のベンチに座り、道の向かいに建つ高校を凝視する。よそ見などしている場合ではない。そろそろ千早が出てくる時間だ。

銀次と千早が剛造の自宅に招かれてから、三日が経った。

金庫の中身を見た剛造は、しばらく項垂れてから静かに「すまんが今日のところは帰ってくれ」とだけ言った。銀次たちは大人しくマンションを出て、来たときと同じように黒服の運転する車に乗って帰ったわけだが、その後剛造からは音沙汰がない。

千早への依頼はあれで満足してもらえたのか。千早が荒鷹組の関係者から源之助襲撃に関する情報を得たという疑いは晴れたのか。まだはっきりとはしていないだけに護衛にも力が入った。

抜かりなく辺りを見回しながら千早を待っていると、校門から千早が出てきた。そのまま道を渡って公園までやってくる——と思いきや、校門を出た千早の前にさっと白い外車が滑り込む。剛造の車だ、と思った瞬間、車が再び動き出した。

日本の公道には不向きなくらい車体の長い車が走り去る。無意識にそれを目で追ってしまい、慌てて校門に視線を戻した銀次は勢いよくベンチから立ち上がった。

千早がいない。まさか、今の一瞬で車内に連れ込まれたのか。

「冗談だろ！」

ほんの数メートル離れただけの場所にいたにもかかわらずあっさり千早をかどわかされ、銀次は悲鳴のような声を上げて公園を飛び出すと、全力疾走で車を追いかけた。

＊＊＊

SNSは難しい。フォロワーからどんな情報を望まれているのか未だにわからない。先日、SNSにたい焼きパフェを投稿したら、『鯛がかわいそう』『苦しんでいるように見える』というコメントがついた。大きく開いた鯛の口に果物やアイスクリーム、シガレット型のクッキーまで刺さっているのだからわからなくもない。

そのぶん反応も大きかった。やはりインパクトは大事だ。今回はどうだろうと思いながら、千早は先程投稿したばかりの写真を眺める。

写っているのは正統派のイチゴパフェだ。背の高いガラスの器にアイスクリームとイチゴソースが交互に重ねられ、てっぺんには花弁のように薄くカットされたイチゴがちりばめられている。さらにその上には、淡いピンク色のマカロンまで載っていた。

端正だが、たい焼きパフェほどのインパクトはないかもしれない。そんなことを思っていると、向かいに座っていた人物が溜息混じりの声を上げた。

「なんだ、もう見つかっちまったのか」

携帯電話から目を上げれば、そこには白いスーツを着た剛造の姿がある。

渋谷にあるパフェ専門店の一角で、千早は剛造と一緒にパフェを食べていた。

最初こそ運ばれてきたパフェを見て「こんなデカいもん食いきれねぇぞ」などと難色を示していた剛造だが、なんだかんだ器の中身は半分近く減っていた。

唇の端にイチゴソースをつけた剛造が見詰める先には、大通りに面した窓から店内を覗き込む銀次の姿があった。千早と剛造の姿を見つけ、大きく口を動かして何か言っている。

「お嬢ちゃん、あいつに居場所を教えただろう」

「お店の名前しか連絡してないんですけど、思ったより早かったですね」

渋谷なんて銀次はあまり来ないだろうに。連休中に千早が無理やり渋谷に連れてきたときも、ひどく場違いそうな、居た堪れないような顔をしていたものだ。

「お店の中まで入ってくると思います？」

「いや、こうしてガラス張りの店内で甘味を食ってるだけなんだ。すぐには入ってこないだろ。若い嬢ちゃんたちしかいない店に入ってくる度胸もなさそうだし、少し待たせておこうや」

剛造が言う通り、店内にいる客は千早と同年代か少し年上の女性ばかりだ。加えて店の内装はどこを向いてもピンクばかりで、窓の向こうに立つ銀次は明らかに尻込みした顔をしている。

長いスプーンでイチゴを悠々とすくい上げる剛造に倣い、千早もコーンフレークを器の底から引き上げた。

「ところでそろそろ本題なんだが、お嬢ちゃん、あんた本物の霊能力者なのか？」

溶けたアイスですっかりふやけたフレークを咀嚼しながら、千早は剛造の顔を見詰め返す。たっぷりと時間をかけて口の中のものを飲み込んだが、剛造が焦れる様子はない。のんびりと返答を待っている。

「ご想像にお任せします」

「じゃあ勝手に想像しちまうぞ。あんた本物だろう。そうでないと説明がつかねぇんだよ。力也の境遇をどうやって知ったのかもわからん」

「こういう時代ですから、インターネットさえあればなんでもわかりますよ。個人情報なんて筒抜けです」

剛造はイチゴを口に放り込み、ふん、と鼻を鳴らした。

「最近の若い連中は年寄りと見るとなんでもインターネットって言葉で煙《けむ》に巻こうとするから参っちまうな。俺はてっきり、あの兄ちゃんに力也の霊を降ろしたんだと思ったが」

「あれは単なる催眠術です。剛造さんの家に行く前に、あの人に暗示をかけておいたんですよ。鏡を見たら、私が事前に教えた通りのセリフを口にするように」

「ははぁ、最近の女子高生は催眠術なんか使えんのか」

わざとらしく驚いた声を上げ、剛造はスプーンを放り出した。

「それじゃ、錆びた金庫はどうやって開けた？　あれは念力か？　それとも本当に力也の力を借りたのか？」

「あれは磁石を使いました。最近の女子高生は満員電車で盗撮の被害に遭いやすいので、犯人の携帯電話を壊すために強力な磁石を持ち歩いてるんです」

「あの場ではまるで霊能力者みたいに振舞ってたくせに、どうして今更否定する？」

千早はパフェの器に視線を落とし、小さなスプーンでちまちまとコーンフレークをすくいながら答える。

「霊能力者だと納得してもらわないことには、貴方たちのつきまといが終わりそうもなかったのでああ振舞ったまでです。まさか未だにつきまとわれるとは想定していませんでしたが」

「だったら最後まで霊能力者のふりをしてりゃいいじゃねぇか。この期に及んで自分の力を否定する理由でもあんのか？」

鋭く切り込まれスプーンを止める。こちらを見据える剛造の目は鋭い。千早の魂胆など端《はな》からお見通しとでも言いたげだ。口の端にイチゴのソースをつけているくせに。

「別に、理由なんてありませんよ。さっき言ったことがすべてです。納得できませんか？」

「いいや、納得した。あんたは本物だ」

もはやパフェを完食する気はないのか、剛造は器を脇にのけて言い募る。

「俺はな、あの兄ちゃんを脅かすために、部下を兄ちゃんのアパートに送り込んだ。それで真夜中に泥のついた手で窓を叩かせた。ここまでは事実だ。でも部屋の中にまで入るようには言ってない。それなのに、あの兄ちゃんは部屋で力也を見たんだろう？」

「……貴方の部下が独断でアパートの中まで入っただけでは？」

「だとしてもおかしい。力也が死に際に着ていた服を見せたとき、あの兄ちゃんは『確かに』って言ったんだ。あの服はずっと俺が保管してたし、部下に貸したことだってない。それなのに、どうして兄ちゃんはあの服のことを知ってたんだ？　まるで見たことがあるような顔してたぞ」

千早は無言でパフェを食べ続ける。それに構わず、剛造はひと際低い声で詰め寄った。

「力也は本当に、あの兄ちゃんの部屋に出たんだろう？」

「どうでしょうねぇ」

剛造に凄まれても意に介すことなく、千早は両手を合わせる。

「ごちそうさまでした」

空っぽになった器を前に頭を下げると、呆れたような顔をされた。夕食前にもかかわらず大きなパフェを完食したからか、頑として剛造の言葉を認めようとしなかったからかはわからない。

剛造は腕を組んで長い溜息をつく。どうやって千早の口を割るか考え込んでいるようだったが、急に興味を失ったような顔になって腕組みを解いた。

「だったら、いい。でも最後に一つだけ、おとぎ話をしてくれないか。おとぎ話だからな、本当のことじゃなくていい。あんたが霊能力者だったとして、どうして手っ取り早く力也の魂を降ろさなかった？　喫茶橙で本人を降ろして、その場で暗証番号やらなにやら喋らせりゃ一番手間もかからなかっただろう」

千早は水の入ったコップに手を伸ばす。さすがに口の中が甘ったるい。水を飲みながらどう説明しようか考えた。

以前銀次にも言ったが、霊能力者は本当のことを言うだけでは仕事にならないのだ。必要なのは真実ではなく、依頼人が欲している事実である。相手に納得してもらうためにはそれなりに前段階を踏む必要があり、演出も考えなければならない。初対面で千早が力也の言葉を伝えたところで、剛造がすんなり受け入れてくれたかどうかは疑問だ。

とりあえず剛造の言葉を借り、「おとぎ話ですが」と前置きしてから答えた。

「人に相性があるように、霊能力者と霊にも相性があるんです。力也さんは、私のような女子高生の体に降りてくるのに抵抗があったんでしょうね。近くまで来てくれる気配はありましたし、微かに声を聞くこともできましたが、完全に降りてはくれませんでした。でも、あの人の体なら抵抗なく降りられたみたいですよ」

言いながら、大通りに面した窓の前にいる銀次に目を向ける。剛造も一緒にそちらを見て、確かにな、とおかしそうに笑った。

「あの兄ちゃんは力也と背格好が似てる。若い娘とみると尻込みするところも、そっくりだ」

「とはいえ、あの人に霊能力者としての才能はありませんから。力也さんが降りてこようとしてもなかなか上手くいかなくて、最後は私が催眠術という体で手を貸しました」

千早の返答に、剛造はどうやら満足したようだ。

「なるほど、よくできたおとぎ話だ」

剛造はテーブルから身を離し、さて、と腕を組む。

「それじゃ、ここからは老人の独り言だ。お嬢ちゃん、うちの組の他にも面倒な連中につけ回されてるらしいな？　あの兄ちゃんが言ってたぞ」

千早の眉がぴくりと動く。いつの間にそんな話をしたのだろう。強面で人を寄せ付けないような顔をしているくせに、銀次は案外話好きだ。自分の知らない間に剛造とも随分仲がよくなったらしい。

剛造は機嫌よく続ける。

「お嬢ちゃんには迷惑をかけたし、詫びのつもりでうちでもちょいと調べてみた。うちはでかい防犯システム会社の下請けをやってるんだ。町中に設置された防犯カメラの記録を見るなんざ造作もない。だが、あんたを追いかけてる連中は一向に見つけられない。それで俺は考えたわけだ。もしかするとお嬢ちゃんは、カメラに映らないようなもんに追い回されてるんじゃないかってな」

無言で水を飲む千早に構わず、剛造はさらに身を乗り出してきた。

「今になって霊能力者であることを否定したのはそのせいじゃないか？　あんたが本物の霊能力者なら、俺たちがあんたをつけ狙う理由はなくなって、あの兄ちゃんがあんたを護衛する理由もなくなる。そうなっちゃ困るからだろう。どうだ？」

問いかけられ、千早はコップをテーブルに置いた。

「独り言に返事が必要ですか」

「ちょっとくらい淋しい老人の独り言に付き合ってくれてもいいじゃねぇか」

茶化して自分を老人などと言っているが、剛造は頭の切れる人物のようだ。質問の形式をとってはいるが、自分の中でほとんど結論を出しているのだろう。

「私を追いかけている連中が、町中に仕掛けられたカメラの死角を熟知していただけかもしれませんよ」

「あり得ねぇだろ」

「カルト集団を舐めない方がいいと思いますけどね。警察は証拠がないと動けないでしょう。それを逆手に取って、徹底的に証拠を潰して対象を追い詰めるのがやり口です。そういうものに対処できるのは、証拠も法律も関係ない、貴方たちみたいな人たちだけですよ」

「ああ言えばこう言う。一筋縄じゃいかないお嬢ちゃんだな」

剛造は呆れたように呟いて、窓に向かって顎をしゃくった。

「どっちにしろ、あの兄ちゃんはあんたにとっちゃ都合のいい護衛ってわけだ。だが、松岡源之助が手を引いたらどうすんだ？　あいつの護衛も外れるぞ。お嬢ちゃんには何かと迷惑もかけたし、うちの若い衆を護衛につけてやってもいいが」

「それは遠慮します。あの人がいなくなってもどうにかなりますから。これまでだって、ずっとどうにかしてきましたし」

暗い夜道は極力避けて、不必要な外出を避ければいいだけの話だ。学校の行事などでどうしても遅くなってしまう場合はタクシーを使えばいい。中学生の時から、お年玉を切り崩してやってきたことだ。今は心霊相談所もやっているし、年間のタクシー代くらいはどうにかなる。

ただ、銀次がいなくなったらもうインスタ映えする食べ物を探しにいくことはできなくなるだろう。真昼でもガード下の闇に引きずり込まれてしまうことがわかった以上、一人で不要な外出はできない。

でもそれだけだ。どうにでもなる。

どうにでもなるが、それなりに淋しくはなるかもしれない。この一ヶ月半、あれだけ大きな男がずっと傍らにいたのだから、背中の風通しがよくなりすぎて落ち着かない気分にはなるだろう。

窓の向こうでは、いよいよ銀次が途方に暮れたような顔をしている。店を出入りする女性客に不審の目を向けられて心が折れたか。ならばどこか他の場所に行けばいいものを、銀次は愚直に窓の前に立ち続けている。そろそろ店員に声をかけられるかもしれない。

そんな銀次を見て、剛造がふっと笑みをこぼした。

「なんだろうなぁ、あいつは。短絡的だが真っすぐで、なんとなく憎めねぇんだよな」

剛造の言葉に、千早も頷く。最初こそ後ろにぴったりとくっついてくる銀次を鬱陶しく思っていたのに、いつの間にか気を許していた。

大きな体に厳つい顔。口は悪いが思ったよりも乱暴ではなく、千早の冷淡な言動を咎めるようなことまで言う。銀次の部屋を訪れたときなど、自分で呼んでおきながらそう簡単に他人の家に上がるなと説教までされてしまった。

お人好しで、流されやすくて、律儀だ。お化けが怖くて仕方がないくせに、心霊相談所の所長兼霊能力者なんて妙な肩書を持つ千早のそばにいてくれた。震える足を抑え込んでまで。

「変な人」

呆れた気分で呟いたつもりが、声には微かな笑いが滲んでしまった。

若者でごった返す窓の外、銀次は千早と剛造に見詰められていることも知らず、万策尽きた様子で頭を抱え込んでいる。

＊＊＊

（クッソ、あいつさっきからメール送ってんのに無視しやがって！　なんでまたあの爺さんとパフェなんか食ってんだよ！　早く出てこい！　もうこっちから行っちまうぞ！）

渋谷の大通りに並ぶパフェ専門店で千早と剛造を発見してから早二十分。銀次はずっと大通りに面した窓から二人を見ている。本当ならとっとと店に入って千早を連れ出したいのだが、店内はピンク一色で女性客がほとんどだ。女の園のような場所に踏み込めば冷たい視線を向けられるのはわかりきっていて足が竦んだ。

（いやいや、冷たい目で見られるのがなんだってんだ！　もう行くぞ、今度こそ行く！男が入っちゃいけないって決まりはねぇ、あの爺さんもいるんだし、俺だって……！）

決死の覚悟で店のドアに手をかけた銀次だが、同時に内側からドアが開いて、とっさに後ろへ飛び退《すさ》ってしまった。

　また店から出てきた客にじろじろ見られるのか、と顔を背けようとしたら、現れたのは千早と剛造である。ほっとして顔が緩みかけたが、慌てて厳しい表情を取り繕って千早をどやしつけた。

「お前なぁ、そう簡単に他人の車に乗り込むんじゃねぇよ！　どこに連れられてくかわかんねぇだろ！　すぐそばに俺がいるんだから、俺を呼べ！」

「だって剛造さんが、この前の依頼料を支払うついでに美味しいパフェをおごってくれるって言うから」

「そんな言葉につられてんじゃねぇ！　小学生だって『お菓子あげるよ』なんて言われてもついてかないぞ！」

　攫われた千早を必死で追いかけ、無事な姿を見つけるまで生きた心地もしなかった銀次は本気で叱っているのだが、千早はうるさそうに片耳を押さえて反省している様子がない。これは本気で説教すべきかと奥歯を噛み締めていると、傍らでその様子を見ていた剛造が声を立てて笑った。

「護衛ってより、まるでお目付け役だな」

　白いパナマ帽をかぶりながらそんなことを言う剛造を、銀次はきっと睨みつけた。

「爺さんも、もうこいつに用はないだろう！　付きまとうな！」

「お前も命知らずだな。俺を爺さん呼ばわりか」

呆れ顔で剛造が呟くと同時に、店の前にするすると白い外車が近づいてきた。剛造の傍らで止まった車から、すぐに黒服の男たちが降りてくる。

黒服にドアを開けられ、剛造はゆったりと後部座席に乗り込んだ。すぐに黒服がドアを閉めようとしたがそれを制し、車の中から千早を見上げて不敵に笑う。

「用心しなよ、お嬢ちゃん。ぼんやりしてると、また俺たち荒鷹組が攫いに行っちまうからな」

物騒な言葉に銀次はぎょっとしたものの、千早は軽く眉を上げただけだ。

「攫われたらどうなるんですか？」

「そりゃもちろん、また甘味でもご馳走してやる。そっちの兄ちゃんも、今日みたいにうかうかしてると危ないぞ。鷹は一瞬で獲物を攫っちまうんだからな」

剛造に人差し指を突き付けられ、銀次はぐっと言葉を詰まらせた。今日千早が連れ去られたのは銀次のミスだ。公園のベンチではなく、校門の横に立って千早を待っていればこんなことにはならなかった。自覚があるだけに何も言えない。

剛造は口元を緩め、今度こそ部下にドアを閉めさせる。

走り去る車を見送って、銀次は当惑顔で千早を見下ろした。

「結局お前、なんであの爺さんに攫われたんだ？　ていうか、また来るのか？」

まるで茶飲み友達だが、実際のところどうだろう。剛造が千早に危害を加えるつもりなのか否か、今一つ確信が持てない。

なかなか返事をしない千早に、なあ、と声をかけると、突然千早が道の向こうを指さした。つられてそちらに目をやれば、今度は黒塗りの車がゆるゆるとこちらに近づいてきて、またしても銀次たちの前で停止した。

助手席から黒服が降りてくる。すさまじい既視感だ。何事かと見守っていると、黒服が開けた後部座席から、着流しの男が現れた。

「やあ、お嬢さん。お久しぶりです」

そう言ってにこやかに笑ったのは、松岡組の組長である源之助である。

突然の源之助の登場に、銀次は腰を抜かしそうになる。そこをなんとか踏みとどまって、直立不動の姿勢をとるのが精いっぱいだ。

動じていないのは千早の方で、「お久しぶりです」と遠縁の親戚にでも会ったような顔で会釈を返している。

「突然すみませんね。偶然貴方を見つけたのでつい声をかけてしまった。で、どうです。うちの護衛はしっかり働いていますか？　何か不満があったらすぐに連絡してください」

「いえ、お心遣い感謝します」

以前は護衛など頼んでいないとのたまった千早だが、源之助の前では殊勝な言い草だ。俺とは態度が違いすぎないか、と横目で睨んでいると、源之助に声をかけられた。

「荒鷹組の方はどうだ？　妙な動きはしてないか？」

「あ、はい、でも……ついさっきまで荒鷹組の組長が、ここに」

「なんだ、まだ荒鷹組がうろちょろしてるのか」

「い、いえ、でも……」

まるで孫と祖父のような雰囲気でパフェを食べていたのだが、報告すべきだろうか。言葉に迷っていると、千早が一歩前に出た。

「さっき、ぼんやりしてると攫いにいく、と荒鷹組の組長に言われました」

「本当ですか？」

驚いたように目を見開く源之助を見上げ、千早はこくりと頷く。

「怖いです」

銀次は千早を二度見する。怖いわりに千早は無表情だし、声にも一切感情がこもっておらず棒読みだった。本気で言っているのかと疑ったが、源之助は千早の言葉を額面通りに受け取ったらしい。

「安心なさい。まだ当分貴方には護衛をつけておきますから。おい、お前もしっかりお嬢さんを守るんだぞ」

痛ましげに千早を見詰めた後、源之助は鋭く銀次に命じる。とっさに「はい！」と返事をして、銀次は目を瞬かせた。この様子だと、千早の護衛はまだまだ続くらしい。

源之助は千早に短く別れを告げると、再び車へ戻っていく。

銀次は走り去る車体に深く頭を下げながら、もしかすると剛造は、銀次が千早の護衛を続ける理由をわざと作ってくれたのかもしれないと思った。

車がすっかり遠ざかってから、銀次はゆっくりと顔を上げる。

隣を見ると、千早はすでに携帯電話を取り出してSNSのチェックをしていた。

「あんまり見た目が派手なパフェじゃなかったけど、結構反応されてる」

「……あの爺さんにおごってもらったパフェか？」

うん、と頷く千早を見て、銀次は眉間に皺を寄せる。

「お前、さっきうちの組長に『怖い』とか言ってたけど、本気であの爺さんのこと怖いとか思ってんのか？」

「まあね。ああ見えてヤクザの組長だし」

「……それが怖がってる奴の言い草かよ」

独り言めいて呟くと、千早が携帯電話の画面から顔を上げた。何気なく見下ろせば、想像よりずっとまっすぐな視線が飛んでくる。

「貴方こそ、怖くないの？　私と一緒にいるとまた妙なものに襲われるかもよ？」

妙なもの。白い仮面をつけた集団か。

ふん、と銀次は鼻を鳴らす。

「あんな連中、怖くもねぇよ」

「私の仕事にも付き合ってもらうことになるけど。東四柳心霊相談所の」

「……別に、構わねぇ」

一瞬返答が遅れてしまった。顔を背け、ごまかすように空咳をすると千早がわざわざ回り込んでまでこちらの顔を覗き込んできた。

「本当に怖くないの？」

「当たり前だろ」

「本当に？」

「怖くねぇよ！」

「さっきから貴方の後ろに立ってるソレも？」

「はっ!? な、な、な何!?」

銀次は文字通りその場で飛び上がって背後を振り返る。しかしそこには平和な大通りの風景があるだけで、千早の言うようなものなどどこにもいない。

「冗談」

無表情で千早が言う。

わかりやすく取り乱してしまった銀次はぎりぎりと奥歯を噛み締め、地団太を踏むように地面を蹴った。

「怖ぇよ！ 悪かったな、怖がりで！ でも俺はいいんだよ、大人なんだから！ なんかあってもテメェでどうにかできるんだ！ お前みたいなガキが一人で怖い思いするよりましだろ！」

どんなに大人びた言動をしていても、千早なんてまだ十代の子供だ。強がってどうする。子供なら子供らしく大人に頼っていい。銀次はそれを、源之助に教わった。

「わかったら無駄に俺を脅かすんじゃねぇ！」

凄んだつもりが、力みすぎて言葉尻がひっくり返ってしまった。

千早は目を瞬かせ、ふっと笑う。

「変な理屈」

銀次の力説をそんな一言で切り捨て、千早は制服のスカートを翻した。いつものように大股で歩き始めた千早の後を、銀次も少し距離を置いてついていく。

本当に背後に妙なものがいないかどうか、ときどき怯えた顔で振り返りながら。

東《ひがし》四《よつ》柳《やなぎ》心《しん》霊《れい》相《そう》談《だん》所《じょ》

それ、霊《れい》のしわざですよ!?

青谷真未《あおやまみ》

2020年11月5日初版発行

発行者……………千葉 均
発行所……………株式会社ポプラ社
〒102-8519 東京都千代田区麹町4-2-6
電話……………03-5877-8109(営業)
03-5877-8112(編集)
フォーマットデザイン 荻窪裕司(design clopper)
組版・校閲 株式会社鷗来堂
印刷・製本 中央精版印刷株式会社

乱丁・落丁本はお取り替えいたします。
小社宛にご連絡ください。
電話番号 0120-666-553
受付時間は、月~金曜日、9時~17時です(祝日・休日は除く)。

ポプラ文庫ピュアフル

ホームページ www.poplar.co.jp

N.D.C.913/293p/15cm
ISBN978-4-591-16803-5
P8111304

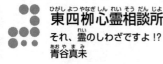